Édition française

Traduction :
David Le Quéré

Adaptation graphique :
Clair Obscur

ISBN : 979-10-327-0217-8
Dépôt légal : février 2018
Achevé d'imprimer en Italie en juin 2024 par L.E.G.O.

VIGILANTE
-MY HERO ACADEMIA ILLEGALS-

Message from KOHEI HORIKOSHI

fterwor

POSTFACE

Bonjour, ici Hideyuki Furuhashi, le scénariste de ce manga...

Vigilante est avant toute chose un spin-off de *My Hero Academia*, ce qui nécessite de se poser quelques questions subtiles, comme : "Dans quelle mesure doit-on coller à l'œuvre originale et à quel point peut-on s'en éloigner ?"

Avant le début de la série, on m'a donc donné quelques consignes assez souples, comme d'éviter les histoires qui influenceraient la trame principale ou de ne pas créer de vilains plus puissants que ceux de *My Hero Academia*. Mais depuis que je me suis lancé dans l'écriture du scénario, je n'ai pas spécialement essuyé de refus et on m'a même laissé une liberté de plus en plus grande...

Bref, j'espère pouvoir continuer à prendre mes aises, parfois en piochant des éléments dans l'intrigue principale, parfois en entraînant l'histoire dans une direction surprenante, y compris pour moi-même ! Merci de votre fidélité et à bientôt pour la suite !

Août 2017.

"TEMPÊTE ET PASSION"

THE CROQUIS PRÉPARATOIRES

THE COULISSES

LES SCÈNES OÙ KOICHI PRÊTE DISTRAITEMENT L'OREILLE AUX RAISONNEMENTS ABSURDES DES VILAINS ONT LEUR IMPORTANCE DANS "VIGILANTE"... JE SUPPOSE DONC QU'ON REVERRA CE TRIO, UN DE CES JOURS ! ILS N'ONT SANS DOUTE AUCUN REMORDS. [HIDEYUKI FURUHASHI]

DANS LE STORY-BOARD DE M. FURUHASHI, ILS AVAIENT TOUS LA MÊME CORPULENCE. J'AI AJOUTÉ DE L'EMBONPOINT AU TROISIÈME, POUR DONNER UN CÔTÉ PLUS OBSCÈNE À SON HABITUDE D'ENFILER LES PETITES CULOTTES, HA HA... SOIT DIT EN PASSANT, LE SECOND EST INCROYABLEMENT HABILE ! JE PENSE QU'ILS SYMBOLISENT RESPECTIVEMENT LA VOLONTÉ, LA TECHNIQUE ET LA FORCE PHYSIQUE, MAIS CE N'EST QU'UNE INTERPRÉTATION PERSONNELLE... [BETTEN COURT]

SOGA KUGIZAKI* / MOYURU TOCHI** / RAPT TOKAGE***

THE CROQUIS PRÉPARATOIRES

THE COULISSES

DANS LES MANGAS DE BASTON, LA TRADITION VEUT QUE LES VOYOUS AFFRONTÉS AU TOUT DÉBUT DEVIENNENT ENSUITE DES ALLIÉS, JE ME DISAIS DONC QU'ON REVERRAIT BIENTÔT CES TROIS-LÀ... MAIS COMME ICHIMOKU ET JUBEE SONT DEVENUS DES PERSONNAGES RÉCURRENTS, LA BANDE À SOGA A ÉTÉ LAISSÉE DE CÔTÉ PENDANT UN TEMPS.
POUR LE MOMENT, JE NE PENSE PAS QU'ILS SOIENT APPELÉS À DEVENIR DES AMIS DE NOS HÉROS... CELA DIT, ILS ONT UNE PLACE IMPORTANTE DANS CE MANGA, PARCE QU'ILS ONT FAILLI DEVENIR DES SUPER-VILAINS. [HIDEYUKI FURUHASHI]

JE SUIS TOMBÉ SOUS LEUR CHARME PENDANT LEUR GRAND RETOUR... JE VAIS M'ENTRAÎNER À MIEUX LES DESSINER ! [BETTEN COURT]

* "SOGA" S'ÉCRIT AVEC LES IDÉOGRAMMES DE "GRIFFE" ET "CROC" ; "KUGI" SIGNIFIE "POINTE", NDT.
** "MOYURU" S'ÉCRIT AVEC L'IDÉOGRAMME DE "BRÛLER" ; LE "TO" DE "TOCHI" S'ÉCRIT AVEC L'IDÉOGRAMME DE "LAMPE", NDT.
*** "TOKAGE" SIGNIFIE "LÉZARD", NDT.

NOM : TENSEI IIDA*

DATE DE NAISSANCE : 22/07

TAILLE : 183 CM

IL AIME : LE SPORT, LE RIZ AU BŒUF

ALTER : ENGINE

THE CROQUIS PRÉPARATOIRES

THE COULISSES

VOICI LE GRAND FRÈRE ADORÉ DE TOUS, TENSEI IIDA, ALIAS INGENIUM ! DANS NOTRE MANGA, IL REPRÉSENTE L'IDÉAL DU SUPER-HÉROS PROFESSIONNEL.
COMME L'HISTOIRE AVAIT POUR THÈME LA COEXISTENCE ENTRE PROS ET HORS-LA-LOI, INGENIUM A EU UN RÔLE DE FAIRE-VALOIR ET A ÉTÉ MIS EN ÉCHEC PAR LE VILAIN QUI S'EST ENFUI À TRAVERS LES RUELLES... MAIS SI L'OCCASION SE PRÉSENTE, J'AIMERAIS MONTRER LA TEAM IDATEN SOUS UN MEILLEUR JOUR ! [HIDEYUKI FURUHASHI]

AU MOMENT DE RÉALISER LES PREMIERS CROQUIS, J'AVAIS MAL INTERPRÉTÉ LES ILLUSTRATIONS DE CE PERSONNAGE DANS LE TOME 7 DE LA SÉRIE PRINCIPALE, D'OÙ L'ERREUR AU NIVEAU DES COUDES... DEPUIS, J'AI RÉARRANGÉ SON DESIGN À LA SAUCE "VIGILANTE". JE ME SUIS BIEN AMUSÉ À IMAGINER UNE MARQUE DE VÊTEMENTS DE SPORT PORTÉE PAR TOUTE LA FAMILLE IIDA... [BETTEN COURT]

* "IIDA TENSEI" ÉVOQUE LE MOT "IDATEN", QUI SIGNIFIE "COUREUR RAPIDE", NDT.

INGENIUM

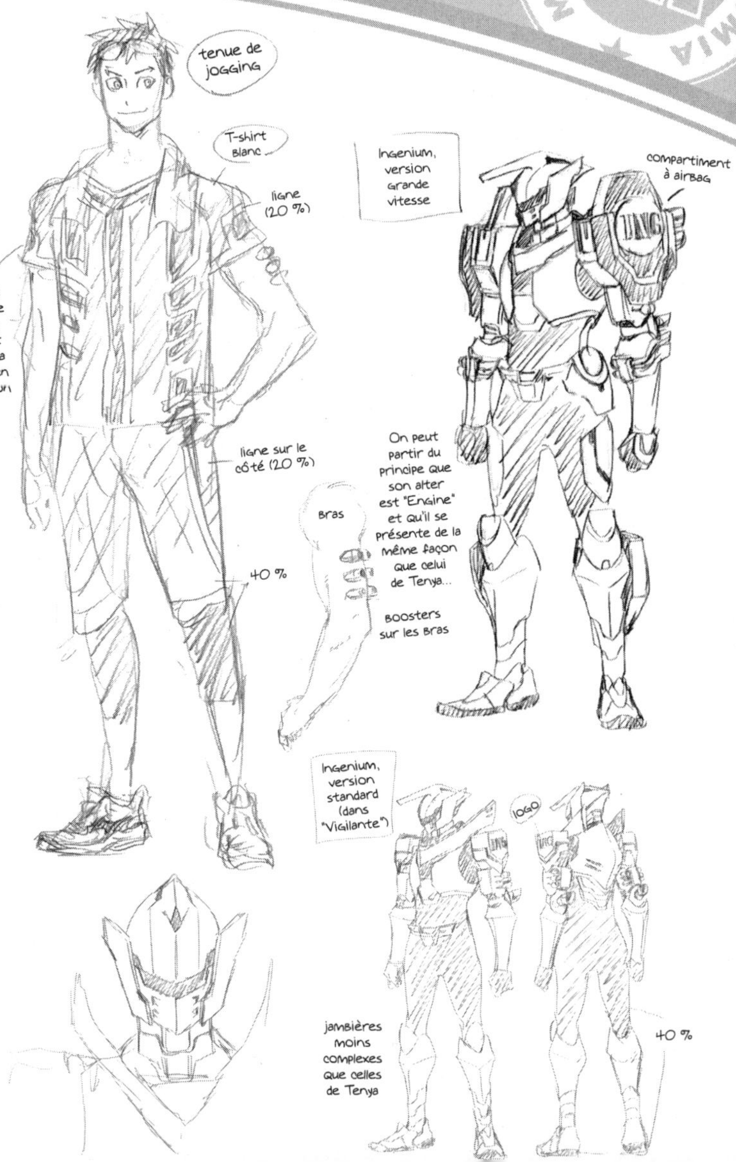

tenue de jogging
T-shirt blanc
ligne (20 %)
même marque que le T-shirt de Tenya à l'examen d'admission
ligne sur le côté (20 %)
40 %
Bras
Ingenium, version grande vitesse
compartiment à airbag
On peut partir du principe que son alter est "Engine" et qu'il se présente de la même façon que celui de Tenya...
boosters sur les bras
Ingenium, version standard (dans "Vigilante")
logo
jambières moins complexes que celles de Tenya
40 %

NOM : INCONNU

DATE DE NAISSANCE : INCONNUE

TAILLE : INCONNUE

IL AIME : ?

ALTER : COAGULATION

THE CROQUIS PRÉPARATOIRES

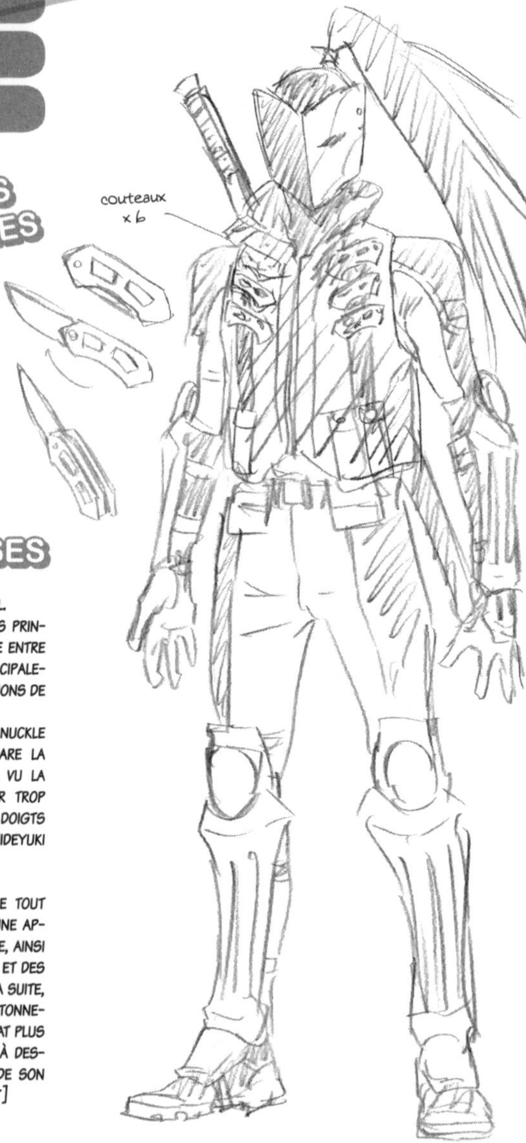

THE COULISSES

VOILÀ ENFIN STAI... EUH, STENDHAL. COMME NOS TROIS PERSONNAGES PRINCIPAUX, IL ÉVOLUE À LA FRONTIÈRE ENTRE HÉROS ET VILAIN, MAIS C'EST PRINCIPALEMENT À TRAVERS LUI QUE LES NOTIONS DE BIEN ET DE MAL SONT ABORDÉES.
CE QUI LE DIFFÉRENCIE DE KNUCKLE DUSTER EST LA LIGNE QUI SÉPARE LA JUSTICE DE LA FOLIE. CELA DIT, VU LA TENDANCE DU "MAÎTRE" À ALLER TROP LOIN, IL EST LUI-MÊME À DEUX DOIGTS DE PASSER DE L'AUTRE CÔTÉ... [HIDEYUKI FURUHASHI]

À CE STADE, IL N'A PAS ENCORE TOUT ABANDONNÉ À SA CAUSE, D'OÙ UNE APPARENCE ASSEZ CONVENTIONNELLE, AINSI QU'UN STYLE INSPIRÉ DES NINJAS ET DES SAMOURAÏS. JE PENSE QUE PAR LA SUITE, IL S'EST FORGÉ, À FORCE DE TÂTONNEMENTS, UNE TECHNIQUE DE COMBAT PLUS PERSONNELLE... IL EST FATIGANT À DESSINER, AVEC TOUS LES DÉTAILS DE SON COSTUME, HA HA ! [BETTEN COURT]

STENDHAL

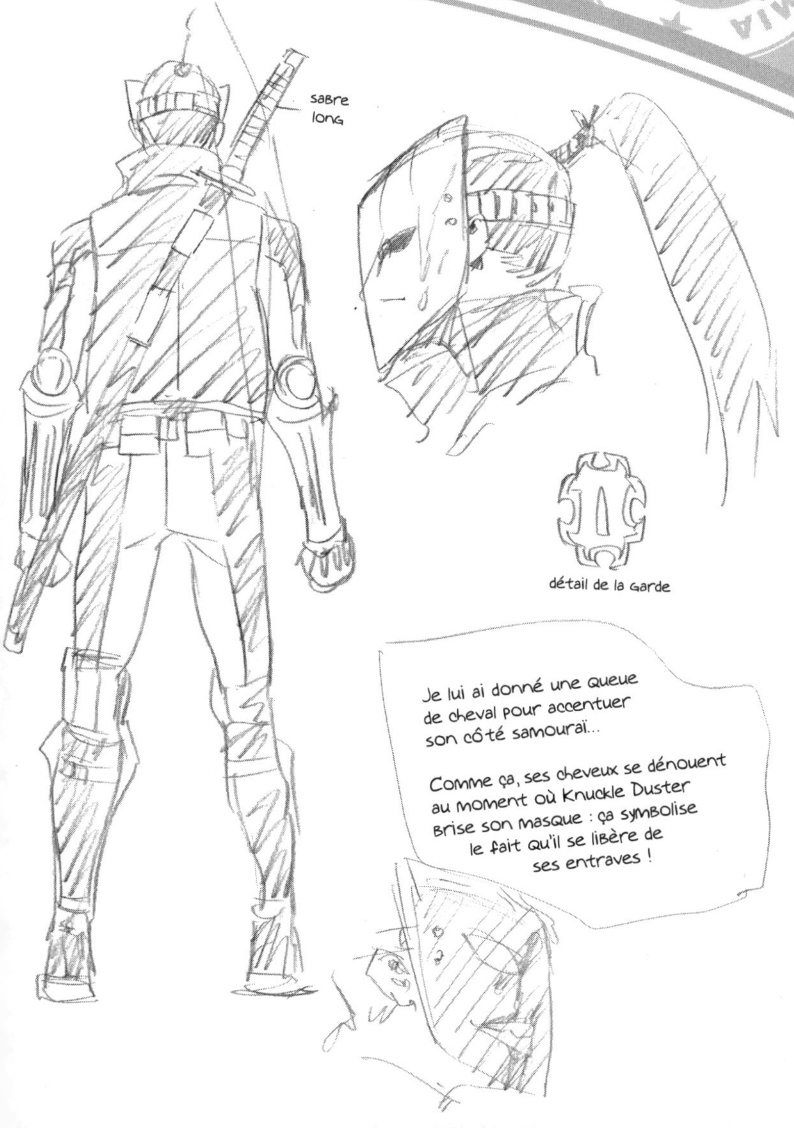
sabre long
détail de la Garde
Je lui ai donné une queue de cheval pour accentuer son côté samouraï...
Comme ça, ses cheveux se dénouent au moment où Knuckle Duster brise son masque : ça symbolise le fait qu'il se libère de ses entraves !

DOOOM
DES TACHES ...
QUE RIEN NE POURRA EFFACER !
À SUIVRE...

PUC
JE SERAI UNE IDÉE SANS VISAGE...
PARTOUT OÙ J'IRAI, JE LAISSERAI UN SIGNE DE MON PASSAGE...
HAN
CELUI QUI AGIT SANS ÊTRE...
HAN
PUC
LA COULEUR QUI REPEINT LE MONDE !
HAN
SEULS MON SANG ET CELUI QUE JE FERAI COULER DONNERONT SENS À MES ACTES !
PUC

PAF
MON MASQUE BRISÉ, MON FAUX VISAGE ABANDONNÉ...
PSST
JE VAIS ENFIN VOIR LE MONDE TEL QU'IL EST !
PSST
CRII
IL N'Y A NI MENSONGE, NI VÉRITÉ, NI LIMITES À FRANCHIR...
PSST
CRII
TOUT EXISTE EN MÊME TEMPS DANS UN AMAS CHAOTIQUE !
HAN
PSST
CRII
CRII
CRII
FUIT
LE VOILÀ REPARTI DANS SES DÉLIRES MÉTAPHYSIQUES !
AH, JE VOUS JURE...
FRSH
ENFIN BON, JE NE ME PLAINS PAS...
IL EST MARRANT, APRÈS TOUT !

PLIC
SCRITCH
SCRITCH
SCRITCH
PLIC
PLOTCH
HAN
VOILÀ QUI EST MIEUX ...
FINI LES FAUX-SEMBLANTS !

HMM... MOI, MA PHILO-SOPHIE...
C'EST QUE DANS LE BOULOT COMME DANS LA VIE, IL FAUT SAVOIR RIGOLER !
ALORS MERCI, PARCE QUE TON TRIP SUR LA DÉTER-MINATION, ÇA ME FAIT TROP MARRER ! ♪
HÉ HÉ HÉ...
SILENCE !
TCHAC
PLAF

HAN
HAN
KOF
LA FORCE...
L'ARMEMENT...
LA VITESSE...
LA TECHNIQUE...
J'AI BEAUCOUP TROP DE LACUNES...
ET CE QUI ME MANQUE LE PLUS...
BAM
C'EST LA DÉTERMINATION !

IL Y A VRAIMENT DES FOUS DANGEREUX DANS CE MONDE !
OUILLE !
ON A EU DE LA CHANCE DE NE PAS Y RESTER !
TSS ...
VOUS AVEZ ENTENDU ? C'EST COMME ÇA QU'IL ME REMERCIE ?
JE L'AI QUAND MÊME SAUVÉ, NOM D'UN CHIEN !
POURQUOI C'EST À MOI QUE TU TE PLAINS ?
NON, C'EST JUSTE ...
UN IDIOT !
JE VOIS ...
QU'EST-CE QUI NE TOURNE PAS ROND, CHEZ CE MEC ?
IL RIGOLE APRÈS ÊTRE PASSÉ À DEUX DOIGTS DE CREVER !
IL A UNE CASE EN MOINS ?
...

KOICHI !!
BOING
TU ES BLESSÉ ? C'EST GRAVE ?!
SPLASH!
AÏE ! FAITES GAFFE ! ÇA BRÛLE, LE DÉSINFECTANT !
RIEN DE BIEN MÉCHANT... SES TENDONS SONT INTACTS !
OCCUPE-TOI PLUTÔT DE CELUI-LÀ !
QUI ÇA ?
HAN
HAN
DITES-MOI QUE JE RÊVE !
FRSH
...
...
ÇA VA ALLER, SOGA ?

BIEN SÛR, C'EST ÉVIDENT ! COMMENT NE L'AI-JE PAS COMPRIS PLUS TÔT ?
JE TE REMERCIE ...
DE M'AVOIR OUVERT LES YEUX !
PLIC
PLIC
VSH
PLIC

IL Y A PIRE QUE LES VILAINS ! CE SONT CEUX...
QUI NE SONT QU'APPARENCES, SANS UNE ONCE DE DÉTERMINATION !
SWRP
FLOP
LES FAUX HÉROS !
?!
ÇA VA ?!
TAP
TAP
TAP

BAM
BAM
BAM
BAM
BAM
BAM
FSHHH

KOF
OUI...
TOUT S'ÉCLAIRE !
!!
TAP
TAP
VSH

QU...
JE CROYAIS QU'IL NE FALLAIT PAS FRANCHIR LA LIGNE !
HEIN ?
NON, MAIS MOI, J'AI LE DROIT !
TSS... IL MET UN MASQUE POUR ENTRER DANS SON RÔLE...
JE CONNAIS CE GENRE DE TYPES...
ILS SE DÉGUISENT POUR SE CONVAINCRE QU'ILS DEVIENNENT QUELQU'UN D'AUTRE...
UN SURHOMME INVULNÉRABLE !
ILS IGNORENT TOUTE LOGIQUE ET SE MOQUENT DE LEUR PROPRE SÉCURITÉ... ÇA LES REND PARTICULIÈREMENT DANGEREUX, COMME ADVERSAIRES !
MAIS QUAND ON LES ATTAQUE, ILS SONT PLUTÔT FRAGILES...
ILS OUBLIENT LE SIMPLE FAIT...
QU'ILS SONT EUX AUSSI DES HOMMES DE CHAIR ET DE SANG...
C'EST LA PREUVE QU'ILS MANQUENT DE DÉTERMINATION !

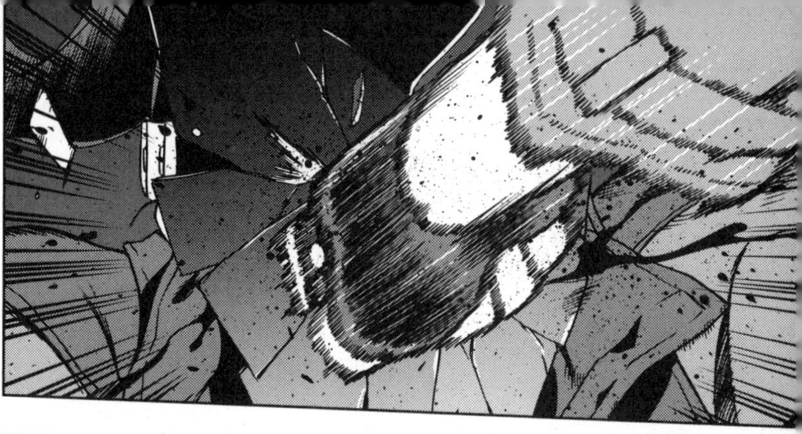

LES HÉROS NE SONT PAS COMME LES AUTRES !!
ILS SONT CEUX QUI VONT AU-DELÀ DES NORMES...
ET QUI SONT CAPABLES DE FRANCHIR N'IMPORTE QUELLE LIGNE !
TAP
RAAH !!
?!

POUR MIEUX ...
REVE-NIR À LA CHARGE !
VSH
ET SURTOUT...
MES JAMBES ONT UNE PUISSANCE SUPÉRIEURE À LA MOYENNE...
IL EST IMPOSSIBLE DE PRÉVOIR MA VITESSE SANS BIEN ME CONNAÎTRE !

VOILÀ DONC...
LA DISTANCE IDÉALE POUR TOI !
TU MÉRITES TA RÉPU-TATION...
ON SE CROIRAIT DEVANT UN MUR DE FER !
DoOOM
FACE À UN ADVERSAIRE QUI ATTEND PATIEMMENT DE PLACER UN CONTRE...
MON SABRE NE REPRÉ-SENTE PAS UN AVANTAGE !
STEP
JE N'AI PLUS QU'À ME RETIRER ...
STEP

PLAF
UNE CORDE ?
JE TE LAISSE UNE CHANCE DE T'EN ALLER BIEN GENTIMENT...
GRR
PAR CONTRE, SI TU FRANCHIS CETTE LIGNE...
TU TE PRENDRAS ÇA DANS LES DENTS !!!

TU CROYAIS QUE JE NE TE VOYAIS PAS ÉVALUER LA DISTANCE ENTRE NOUS ?
CE QUI EST SURTOUT DOMMAGE, C'EST QUE TU AIES PERDU L'OCCASION D'ATTAQUER PAR SURPRISE, PAS VRAI ?
ON NE POURRA DONC PAS S'ENTENDRE... DOMMAGE !
DANS LE KENDO, ON PARLE DE "FRAPPER EN UN PAS"... C'EST FACILE À DIRE...
MAIS SI ON EST TROP ÉLOIGNÉ DE L'ADVERSAIRE, IL ESQUIVE ET ON SE RETROUVE SANS DÉFENSE...
ET SI ON EST TROP PRÈS, IL A LE TEMPS DE VENIR AU CORPS À CORPS PENDANT QU'ON BRANDIT LE SABRE !
C'EST PAS ÉVIDENT DU TOUT !
VSH
TU AS DU BOL, JE SUIS UN GARS SYMPA... JE VAIS TE SIMPLIFIER LA TÂCHE !

MOI, JE SUIS UN JUSTICIER QUI PÈTE LA CLASSE...
TOI, T'ES QU'UN PAUVRE MALADE D'ÉVENTREUR !

FSH
KNUCKLE DUSTER, LE REDRESSEUR DE TORTS DE NARUHATA...
JE NE SOUHAITE PAS T'AF-FRONTER !
...
NOUS AVONS LES MÊMES ASPIRA-TIONS, TOI ET MOI...
RESTER DANS LE DROIT CHE-MIN, MALGRÉ CETTE SO-CIÉTÉ COR-ROMPUE...
JE T'ARRÊTE TOUT DE SUITE, ON N'A RIEN EN COMMUN !

ÉPISODE 11 [La ligne]
C'EST TOI, LE FAMEUX STENDHAL ?
TU AS PRIS SOIN DE MON ÉLÈVE, À CE QUE JE VOIS !

TAP
TOI ?!
M... MAÎTRE !
NIARK

LE HÉRISSON

THE CROQUIS PRÉPARATOIRES

THE COULISSES

S'IL EST COUVERT D'ÉPINES, C'EST POUR ÉVOQUER LE DILEMME DU HÉRISSON...
JE LE VOIS COMME LE PLUS SÉRIEUX DU TRIO, MAIS AUSSI COMME LE PLUS MISANTHROPE ET LE PLUS PROMPT À PÉTER LES PLOMBS. [HIDEYUKI FURUHASHI]

IL N'A PAS DU TOUT LA MÊME APPARENCE ICI QUE DANS LE MANGA, HA HA ! J'AI SANS DOUTE FAIT UNE ERREUR DE DOSAGE EN VOULANT ACCENTUER SON CÔTÉ HÉRISSON. JE L'AIME BIEN, MAIS J'AI DU MAL À LE DESSINER DE FAÇON SATISFAISANTE... [BETTEN COURT]

★ POUR EN SAVOIR PLUS SUR LES TROIS DÉLINQUANTS, RENDEZ-VOUS PAGE 202 !

JE SUIS LÀ !!
TNDANN

IL N'Y A PERSONNE ICI POUR VOUS SAUVER, POUR S'INQUIÉTER DE VOTRE SORT...
OU MÊME POUR VOUS JETER UN SEUL REGARD !
DÉSOLÉ DE TE CONTRE-DIRE, MAIS MOI...
BAM
VSH

MÊME S'IL LE FAIT PAR BONTÉ D'ÂME...
CELUI QUI PREND LE PARTI DES MALFAITEURS EN EST UN LUI AUSSI !
ALTER : COAGULATION.
IL PARALYSE LES INDIVIDUS DONT SON DÉTENTEUR LÈCHE LE SANG.
SLURP
QU...
PLAF
C'EST L'HEURE DE LA SENTENCE, SUPER-VILAINS...
VOUS ALLEZ MOURIR DANS CETTE RUELLE CRASSEUSE !
J... JE NE PEUX PLUS BOUGER !

J... JE PEUX SAVOIR CE QUE TU FOUS ?
QU'EST-CE QUE TU CROIS ? JE ME CASSE !
C'EST PAS COMME SI J'AVAIS LE CHOIX !
VSHHHH
LE TOUT, C'EST DE REJOINDRE UNE ARTÈRE FRÉQUENTÉE !
FSH
HMM...
VSHHHH
JE VOIS ...

N'ESSAIE PAS DE LE PROTÉGER, CRAWLER ...
IL N'EN VAUT PAS LA PEINE !
TOUT CE QU'IL MÉRITE, C'EST DE MOURIR EN RAMPANT DANS LES TÉNÈBRES !
TAP
TAP
EUH... OUAIS, JE SUIS D'ACCORD... POUR METTRE LES VOILES !
TING
CRRR
VSHHH
!

AÏE, AÏE, AÏE, AÏE ! ÇA PIQUE, BON SANG !
TU NE PEUX PAS RÉTRACTER TES ÉPINES ?!
VSH
AAH !!
PLAF
TCHAC

BASH
CRRR
PLOF
!!
FUIT

GH...
FSHHH
IL EST SÉRIEUX ?
IL VA VRAIMENT LE TUER ?!
...
TING
CRIII

ÉCARTE-TOI, CRAWLER !
JE VAIS LUI RÉGLER SON COMPTE !
OUH LÀ, TU Y VAS FORT ! OK, IL N'EST PAS NET...
C'EST MÊME PRESQUE UN VILAIN...
MAIS IL VAUT MIEUX COMMENCER PAR CHERCHER UN TERRAIN D'ENTENTE, TU NE C...
VSH
TCHAC

TU RÉVÈLES TA VRAIE NATURE !
FSH
MEURS, VILAIN !
EH LÀ ! ON SE CALME !
JE SUIS L'HOMME À L'ÉCOUTE DES CRIS DE DÉTRESSE ! JE SUIS...
THE CRAWLER !!
CRIII
MAIS ...
HEIN ?
EUH...
STEN-DHAL ! ET...
CES ÉPINES...
C'EST TOI, SOGA ?!
ICHIMOKU LUI A APPRIS SON NOM.

CE SONT EUX QUI FONT DE MOI UN MONSTRE !!
CRRR
CRRR
CRRR
AAAAAAH !!
CRRR CRRR
VSHHH
HEIN ?
QU'EST-CE QUE C'EST QUE CE CRI ?
AAAAAH !!
CRRR CRRR

C'EST TOUJOURS PAREIL...
"C'EST LA FAUTE À SOGA !"
HAN
HAN
"LES INDIVIDUS DANS TON GENRE, ON APPELLE ÇA DES SUPER-VILAINS !"
"J'AI TROP LA HAINE ! C'EST DE LA DISCRIMINATION !"
"MA MAMAN A DIT QU'ON DOIT PAS JOUER AVEC TOI !"
ILS SONT TOUS À ME MÉPRISER...
ET À ME NARGUER !
DÉSOLÉE ! (LOL)
HÉ HÉ HÉ...
CRRR
AAH...
CRRR
CRRR
AAAAH...

BZZZZZZ
BZZZZ
GH...
ALLEZ, QUE LE MEILLEUR GAGNE ! ☆
AH... ELLE AUSSI...
ELLE A CE SOURIRE MOQUEUR...

!
BAM
JE VAIS PAS RENTRER DANS VOS COMBINES !
CRAC
RAMÈNE-TOI, L'ENFOIRÉ MASQUÉ...
J'AI PAS BESOIN DE DROGUE POUR TE FAIRE TA FÊTE...
MES ÉPINES SUFFIRONT !
AH, D'ACCORD...
MONSIEUR VEUT GÂCHER LE FUN !
EH BIEN MOI...
JE VAIS RENDRE LES CHOSES PLUS AMUSANTES !
BZZZZ

BAH... L'ESSENTIEL, C'EST QUE TU SOIS MOTIVÉ ...
L'OPTION "SE BATTRE POUR CEUX QU'ON VEUT PROTÉGER", C'EST TOUT À FAIT VA-LABLE !
FSHH
ÇA SUF-FIT !
!
J'AI ASSEZ ÉCOUTÉ TES IMBÉ-CILLITÉS ...
JE LE DÉCOUPE ET JE PASSE AUX SUIVANTS !
DOOOM
BIEN ! TOI AUSSI, TU AS LA NIAQUE ! ♪
JE T'EX-PLIQUE, MON PETIT SOGA...
SI TU PERDS, IL VA AUSSI TUER RAPT ET MOYURU ...
CADEAU !
ALORS DONNE TOUT CE QUE TU AS ! ☆

TU PLAISANTES ?
IL FAUT LES PRÉVENIR !
TU N'AS PAS VU LES INFOS ?
L'ATTAQUE DU SIÈGE D'UN GANG DE VILAINS, À DANTO...
PARAÎT QUE C'ÉTAIT UNE VRAIE BOUCHERIE !
CRR
VOUS ÊTES MENACÉS PAR LE TERRIBLE ASSASSIN QUI A MASSACRÉ CES PAUVRES YAKUZAS...
VOUS DEVEZ UNIR VOS FORCES POUR LE VAINCRE !
ARRÊTE TA COMÉDIE, TU VEUX ?
JE M'EN OCCUPERAI SEUL...
DE TON FICHU TUEUR !
AH, JE VOIS...
TU NE VEUX PAS ENTRAÎNER TES AMIS DANS CETTE HISTOIRE !

HEIN ?
T'ES DINGUE !
JE VOLE ...
JE M'ÉCRASE ...
JE FINIS A L'HOSTO !
FAUDRAIT ÊTRE CON POUR RECOMMENCER !
CLAIR !
N'EMPÊCHE QU'ELLES SONT TROP CANONS, LES INFIRMIÈRES, ICI !
HA HA ! TU N'AS QU'À TE CASSER UNE JAMBE, ALORS !
TIENS ? OÙ SONT TES PETITS COPAINS ?
ÇA NE LES CONCERNE PAS !
SPIKE

ENFIN... C'ÉTAIT PAS SI MAL, DE VOLER !
AH OUAIS, ÇA DEVAIT ÊTRE COOL !
MOI, ÇA M'A PAS AVANCÉ À GRAND-CHOSE DE RENDRE MES FLAMMES PLUS PUISSANTES !
ARRÊTE, TU AVAIS TROP LA CLASSE !
ON AURAIT DIT ENDEAVOR !
TRAITE-MOI TOUT DE SUITE DE GROS NAZE !!
HA HA HA !
...
EH, RAPT !
TU AURAIS ENVIE DE REMETTRE ÇA ? AVOIR DES AILES ...

JE POURRAI SORTIR À LA FIN DE LA SEMAINE, APRÈS LES RÉSULTATS DE MES ANALYSES...
NON ? DÉJÀ ?!
POURTANT, TU ÉTAIS CARRÉMENT EN MIETTES QUAND L'AUTRE T'A ÉCRASÉ SUR LE BITUME !
C'EST L'AVANTAGE D'ÊTRE À MOITIÉ LÉZARD, JE RÉCUPÈRE VITE !
PFF
HA HA ! TU PEUX REMERCIER TON ALTER !
ET CETTE DROGUE, ÇA AIDE AUSSI, NON ?
LE TRIGGER ? OUAIS, POSSIBLE !
C'EST PEUT-ÊTRE GRÂCE À CETTE CAME QUE JE NE SUIS PAS MORT SUR LE COUP ...
MAIS EN MÊME TEMPS, C'EST À CAUSE D'ELLE QUE J'AI FAILLI CREVER...
ALORS JE DIRAIS PAS QUE C'ÉTAIT UN CADEAU !

SALUT, VIEUX ! TU AS BONNE MINE !
SOGA KUGIZAKI.
MOYURU TOCHI.
YO !
RAPT TOKAGE.
JE T'AI APPORTÉ DU JUS DE FRUITS ET UN "SHONEN JUMP" !
HA HA HA !
POURQUOI PAS DU LAIT ET DES BISCUITS, TANT QUE T'Y ES ?!
FILE-MOI PLUTÔT DU FEU...
ON M'A CONFISQUÉ MON BRIQUET !
RAPT ! C'EST INTERDIT DE FUMER DANS L'HÔPITAL !!
ET MERDE !
ALLEZ, ON SORT !

ÉPISODE 10 [Cris de détresse]

KUIIN HACHISUKA*

THE CROQUIS PRÉPARATOIRES

NOM : INCONNU

DATE DE NAISSANCE : INCONNUE

TAILLE : 162 CM

ELLE AIME : LES TOASTS AU MIEL

ALTER : REINE DES ABEILLES

THE COULISSES

C'EST LE BRAS DROIT DU MÉCHANT. JE ME SUIS EFFORCÉ DE MONTRER SA DANGEROSITÉ AVEC SA PERSONNALITÉ ET SES MANIGANCES PLUTÔT QUE PAR DES SCÈNES DE COMBAT... POUR SON LOOK, J'AI SIMPLEMENT DEMANDÉ À BETTEN COURT DE DESSINER UNE JEUNE FILLE D'AUJOURD'HUI (JE L'AI LAISSÉ SE DÉBROUILLER PARCE QUE JE NE VOYAIS PAS À QUOI ELLE DEVAIT RESSEMBLER (-_- ;)). RÉSULTAT, ELLE EST RAVISSANTE, AVEC UN PETIT AIR MALICIEUX... C'EST UN PERSONNAGE RELATIVEMENT COMPÉTENT ET FLEGMATIQUE, QUI FAIT PROGRESSER PETIT À PETIT LES MACHINATIONS DU MÉCHANT... C'EST BIEN PRATIQUE ! [HIDEYUKI FURUHASHI]

DANS LES CROQUIS DE M. FURUHASHI, SUR LE STORY-BOARD, ELLE ÉTAIT VÊTUE DE QUELQUE CHOSE QUI RESSEMBLAIT À UN SWEAT... MAIS COMME KOICHI EN PORTE DÉJÀ UN, J'AI PRÉFÉRÉ LUI DONNER UN BLOUSON. POUR L'INSTANT, C'EST LE PERSONNAGE POUR LEQUEL J'AI ÉTÉ LE PLUS LIBRE EN TERME DE STYLE, CE QUI LA REND FACILE À DESSINER. POUR SA TENUE, J'AI INCONSCIEMMENT ASSOCIÉ SON NOM, HACHISUKA, AU MOT "SUKAJAN"**... PARFOIS, JE ME FAIS PEUR ! [BETTEN COURT]

** "HACHI" SIGNIFIE "ABEILLE", NDT.*
*** TYPE DE BLOUSON JAPONAIS, NDT.*

NE PRENDS PAS TES AISES, SALE CRIMINELLE...
LE JUGEMENT DE STENDHAL S'ABATTRA AUSSI SUR TOI !
FSH
MAIS POUR L'INSTANT, TU M'ES PLUS UTILE VIVANTE QUE MORTE, POUR ÉLIMINER TES CONGÉNÈRES !
OUI, OUI, J'AI COMPRIS...
TU COMBATS LE FEU PAR LE FEU !
REPRENONS NOS AFFAIRES, TU VEUX ?
APRÈS TOUT, LES AFFREUX VILAINS...
CE N'EST PAS CE QUI MANQUE, À NARUHATA ! ☆
ROCK

OK, MISTER NORMAL ...
RENDS-MOI LES ÉCHANTIL-LONS DE SANG !
ILS T'ONT BIEN SERVI, PAS VRAI ?
POF
ジャラ
...
IL SE TROUVE QUE LE CLAN TENCHU OFFRE UNE BONNE MU-TUELLE À SES CADRES...
LEUR BILAN DE SANTÉ ANNUEL LEUR AURA COÛTÉ LA VIE ! ♪
BON ! JE T'AI AIDÉ À TERRASSER DES MÉ-CHANTS...
FRSH
ゴッ
ゴッ
FRSH
ALORS MAINTENANT, TU VAS T'OCCUPER DE MES CIBLES !

STENDHAL EST PLUS QU'UN SIMPLE MORTEL...
C'EST L'EXÉCUTEUR !
SON SABRE TRANCHE LA FRONTIÈRE ...
ENTRE LE ROUGE DE LA VIE ...
ET LE NOIR DE LA MORT !
QUAND J'ENLÈVE CE MASQUE, JE NE SUIS PLUS QU'UN HOMME ORDINAIRE QUI SE CONSACRE À L'IDÉAL DES HÉROS...
SI JE T'AI INDUITE EN ERREUR, CE N'ÉTAIT PAS VOLONTAIRE !
IL EST RELOU, TON TRIP !

CLAC
FRSH
FRSH
COUCOU, EXECUTION-MAN ! ♪
CE N'EST PAS MON NOM.
OUI, OUI, JE SAIS...
C'EST STENDHAL !
NON PLUS !

CLAAANG
JE SUIS STENDHAL, L'EXÉCUTEUR !
?!
SPLASH

CLANG
QU'EST-CE QU...
VSH
BOSS !
T... T'ES QUI, ENFOI...
CLANG
ドス
TCHAC
ドス
TCHAC

ET LEUR ADVERSAIRE PROFITE DE CETTE FAIBLESSE...
POUR TOUS LES FAUCHER D'UN COUP !

BAM

VSH
FSH
HÉLAS POUR EUX...
SLURP
BRR
LES QUATRE HOMMES SONT SOUDAIN FRAPPÉS D'UNE PARALYSIE INEXPLICABLE...
BRR

UNE COMBINAISON D'ATTAQUES FORGÉES PAR L'EXPÉRIENCE DE CENTAINES DE COMBATS OBLIGE L'ENNEMI À SE JETER EN ARRIÈRE...
LE COUP DE GRÂCE EST ALORS DÉLIVRÉ PAR ROJIYA, AVEC UN LANCER DE PLAQUE D'ÉGOUT.
EN ADOPTANT LA POSTURE D'UN DISCOBOLE, IL ACTIVE SON ALTER...
ET PROPULSE UNE VÉRITABLE SCIE CIRCULAIRE À UNE VITESSE SUPERSONIQUE !

MAIS DANS LEURS RÉFLEXES DE COMBATTANTS...
QUI LEUR PERMETTENT DE SE METTRE INSTANTANÉMENT EN POSTURE DE COMBAT.
CLAC
CLANG
BLAM
TETSU LE TANK.
仁
義
SOJI LE MARTEAU.
雷
SPARK
HARUHISA LE BASTONNEUR.
BAM

QUI T'ENVOIE, SALOPARD ?!
QU...
CRAC
LE CLAN TENCHU EST UNE ORGANISATION DANS LA PLUS PURE TRADITION DES GANGS DE YAKUZAS D'AVANT LES PHÉNOMÈNES EXTRAORDINAIRES.
FLIP
CHACUN DE SES CADRES POSSÈDE UN REDOUTABLE ALTER...
TOUTEFOIS, LE RÉEL DANGER NE RÉSIDE PAS DANS LEURS POUVOIRS...

TAP
Mais cette nuit...
Le siège du clan Tenchu, dans le quartier de Danto, à Tokyo...
CRAAAC
A été pris d'assaut...
Par un seul homme !

SON ARME FAVORITE, LORS DES AFFRONTEMENTS AVEC DES CLANS RIVAUX...
EST UNE PLAQUE D'ÉGOUT STANDARD...
PLUS PRÉCISÉMENT APPELÉE "PLAQUE J. I. S."
BAM
BAM
DIAMÈTRE : 60 CENTIMÈTRES. POIDS : 40 KILOS.
EN S'EN SERVANT COMME D'UN BOUCLIER...
IL A SURVÉCU À D'INNOMBRABLES FUSILLADES ET ATTAQUES AU SABRE !
YAAAAAAH !

CET HOMME EST ROJIYA YONENAGA, UN CADRE DU CLAN TENCHU D'ABEGAWA...
DEPUIS SES PREMIERS PAS CHEZ LES YAKUZAS, L'IVRESSE NE S'EST JAMAIS VUE SUR SON VISAGE...
CE QUI NE SIGNIFIE PAS POUR AUTANT QUE L'ALCOOL N'A AUCUN EFFET SUR LUI !
LES SOIRS OÙ IL A LEVÉ LE COUDE, IL SE LIVRE INVA-RIABLEMENT AU MÊME RITUEL...
...
OH NON, PAS EN-CORE !
CLANG
SUR LE CHEMIN DU RETOUR, IL S'EMPARE D'UN CERTAIN BIEN PUBLIC QU'IL RAPPORTE CHEZ LUI...
MAIS CE N'EST PAS LA SEULE RAISON POUR LAQUELLE ON LE SURNOMME "ROJIYA LA BOUCHE D'ÉGOUT" !
HIC
MONTE LA GARDE JUSQU'À L'ARRI-VÉE DES FLICS...
FAU-DRAIT PAS QUE QUELQU'UN TOMBE DANS LE TROU !
POUR-QUOI MOI ?!

TU ES AU COURANT ? CETTE ANNÉE AUSSI, LES AUTORITÉS NOUS OBLIGENT À FOURNIR LA LISTE DES MEMBRES DU CLAN...
HIC
ILS VONT TOUS ÊTRE ENREGISTRÉS COMME SUPER-VILAINS !
AH, ELLES SONT BELLES, LES MÉTHODES DES POULETS ! NOUS METTRE DANS LE MÊME SAC QUE CES ORDURES, COMME SI ON ÉTAIT DE SIMPLES VOYOUS !
HIC
JE SAIS BIEN QUE LES TEMPS SONT CE QU'ILS SONT, MAIS...
HIC
D... DU CALME, TETSU !
GLOU
OH, ROJIYA ! TU M'ÉCOUTES ?! T'EN AS RIEN À BATTRE OU QUOI ?!
QU'EST-CE QUE ÇA PEUT FAIRE, LA FAÇON DONT ILS NOUS TRAITENT ?
EUH ...
GLOU
UN HOMME N'A PAS À CHANGER SA FAÇON DE VIVRE EN FONCTION DE L'ÉPOQUE OU DES POLITIQUES !
もずく酢
¥410
ATTENTION, LA CAVALERIE VA VENIR !!
BOIRE ET CONDUIRE, C'EST "NO !"
ON RESTE FIDÈLES À NOS PRINCIPES, MÊME SI ÇA REVIENT À SE METTRE ALL MIGHT À DOS !
QUAND MÊME PAS LUI, ON SERAIT MAL !
GLOU
ウーロンハ
RAAH ! BIEN PARLÉ, MON POTE ! ALLEZ, TRINQUE AVEC MOI !
OK...
GLOU

ÉPISODE 9.5 [Le masque]

VILAIN ROCHEUX / AKIRA IWAKO*

THE CROQUIS PRÉPARATOIRES

THE COULISSES

Ses mouvements sont devenus plus bestiaux (comme ceux d'un gorille) et son corps est plus rocailleux

CE PERSONNAGE INTRODUIT DANS LE TROISIÈME CHAPITRE EST TRÈS REPRÉSENTATIF DES MÉCHANTS DANS "VIGILANTE".
SON HISTOIRE AUSSI EST UN GRAND CLASSIQUE : UTILISÉ COMME COBAYE PAR UNE ORGANISATION CRIMINELLE, PUIS ABANDONNÉ À SON TRISTE SORT...
SI SA PUISSANCE S'EST ACCRUE, C'EST PARCE QUE LES DONNÉES OBTENUES GRÂCE AU VILAIN JUNKY DANS LE SIXIÈME CHAPITRE ONT PERMIS D'AMÉLIORER LE TRIGGER... PARMI LES COMPOSANTS DE LA DROGUE, LA PROPORTION DE CEUX QUI AFFECTENT LE CERVEAU A ÉTÉ AUGMENTÉE : L'ACCÈS DE SAUVAGERIE QUI EN RÉSULTE A DÉMULTIPLIÉ LA FORCE DE L'ALTER DU VILAIN. [HIDEYUKI FURUHASHI]

DANS LE TROISIÈME CHAPITRE, IL ÉTAIT DÉJÀ COMPLIQUÉ À DESSINER, MAIS AVEC SA PUISSANCE AUGMENTÉE, C'EST ENCORE PIRE ! ENTRE LUI ET STENDHAL, J'EN AI VRAIMENT BAVÉ. À PART ÇA, J'AI UN PEU DE PEINE POUR LUI... [BETTEN COURT]

* "IWAKO" PEUT SE TRADUIRE PAR "CARAPACE DE ROCHERS", NDT.

BZZZZZ
OUAH, J'ADORE !
BON...
AU SUIVANT !

TCHAC
DIS ADIEU...
À TON EXÉCUTEUR...
SPLASH

TU REPRÉ-
SENTES
LE MAL...
C'EST PARCE
QUE TU
N'AS AUCUNE
CONVICTION !
LA
VIOLENCE
SANS CON-
VICTION...
EST
CE QU'ON
APPELLE
UN CRIME
...
TAP
ET
L'INCARNA-
TION DU
CRIME...
C'EST LE
SUPER-
VILAIN !
FSH
TANDIS
QUE MOI,
JE LE
FAUCHE
DE MON
SABRE !

CLANG
HAN
HAN
CHUNK
TCHAC
AAH !!
TCHAC
TCHAC
AAAAH !!
TON ALTER NE PROTÉGEAIT PAS TES YEUX, À CE QUE JE VOIS...
ET MAINTENANT QUE LA TERREUR ET LA DOULEUR ONT BRISÉ TA CONCENTRATION...
C'EST TOUT TON CORPS QUI PERD SA RÉSISTANCE !
SAIS-TU POURQUOI TU SOUFFRES ? POURQUOI TU AS PEUR ?

TSS... VOUS ME PRENEZ POUR QUOI ?
AHEM... COMMENT DIRE...
TCHAC
POUR UN TUEUR DOUBLÉ D'UN VIOLEUR !
VOILÀ, PAREIL !
BAM
OK, JE ME CASSE ...
Y A PAS MOYEN DE DISCUTER AVEC VOUS !
...
GRR...
JE ME DEMANDE CE QU'IL VOULAIT ...
ON S'EN TAPE ! QU'IL CRÈVE !

SALUT !
LE VIEUX N'EST PAS AVEC VOUS, AUJOURD'HUI ?
AAAAAAAAAH !!
Royal C
Royal C
QUOI ? C'EST UN AMI À VOUS ?
P... PAS EXACTEMENT, NON...
CERTAINEMENT PAS !!

IL ME FAIT PENSER À STENDHAL, TIENS...
DE TEMPS EN TEMPS, ON TROUVE DES PERSONNES COMME EUX...
QUI DÉFENDENT LE BON DROIT !
J'ESPÈRE QU'ON VERRA DE PLUS EN PLUS SOUVENT CE GENRE DE HÉROS DE L'OMBRE...
EN TOUT CAS, ÇA ME MOTIVE !
FAIS GAFFE, QUAND MÊME ! CEUX QUI SE BASTONNENT POUR LEUR PROPRE IDÉE DE LA JUSTICE, C'EST DES TYPES DANGEREUX, EN GÉNÉRAL !
C'EST BIEN CONNU !
HEIN ?
BEN QUOI ?
C'EST QUE JE N'AI JAMAIS ENTENDU DIRE ÇA, MOI...
REMARQUEZ, C'EST PEUT-ÊTRE VRAI...
J'EN AI LE PARFAIT EXEMPLE SOUS LES YEUX !
GLOU GLOU
じー
NE PERDS PAS TON TEMPS À L'ÉCOUTER DÉBLATÉRER, KOICHI !
NOUS DEUX, ON IRA VOIR CE TYPE ...
ET VOUS, GARDEZ VOS RÉFLEXIONS POUR VOUS !

JE VOUS JURE, IL ÉTAIT TROP CLASSE !
JE DEVRAIS PEUT-ÊTRE MANIER LE SABRE, MOI AUSSI !
MONSIEUR EST DEVENU FAN...
AH, TIENS... J'AI UN MESSAGE D'ICHIMOKU ET DE JUBEE !
ILS RACONTENT QUOI DE BEAU ?
"LE COLLÉGIEN LÉGENDAIRE" ?
C'EST UN ANCIEN ÉLÈVE DU QUARTIER, CONNU POUR ÊTRE UN SACRÉ BAGARREUR...
LE GENRE "MEC SUPER VIRIL QUI DÉTESTE L'INJUSTICE" !
LE ROI DE LA BASTON
QUAND CES DEUX-LÀ LUI ONT PARLÉ DE NOUS, IL A VOULU NOUS RENCONTRER...
ON A RENDEZ-VOUS DANS LE FAST-FOOD DEVANT LA GARE !
MOI, JE NE SUIS PAS D'ICI, ALORS JE NE LE CONNAIS PAS !
EXCELLENT !
C'EST TOUJOURS BIEN DE COOPÉRER AVEC LES GENS DU COIN !

CLAC
APPELLE-MOI STENDHAL !
JE SUIS QUELQU'UN QUI, COMME TOI, AIME RENDRE SERVICE !
TAP
TAP
OOH !
P
30分 ¥300
WAOUH !

CRR
FSH
HMM... TU AS LA PEAU DURE !
IL SE CASSE !
PIN PON
LA POLICE ARRIVE !
BAM
ON DEVRAIT FAIRE PAREIL !
EUH... MERCI, JE T'EN DOIS UNE !
C'EST QUOI, TON NOM ?

...
VSH
CLANG
CLANG
CLANG

?
TIENS, TIENS...
ENFIN DU NOUVEAU ! ♪

AAAAAH– !
ÇA SE PRÉSENTE MAL ! PLUS IL DÉFONCE LE SOL...
ET MOINS JE SUIS LIBRE DE MES MOUVEMENTS !
ガゴッ!!
PAF
AAH !!
BON SANG !
KOICHI– !
CLANG

AAAAH !
AAAAH !
BZZZZZ
AKIRA, JE LUI AVAIS DONNÉ... EUH... DU "TR-D2C"...
UN COCKTAIL QUI BOOSTE LA PRODUCTION DE DOPAMINE !
VOYONS... ON OBTIENT UNE AGRESSIVITÉ EXACERBÉE ET UNE AUGMENTATION SIGNIFICATIVE DE LA PUISSANCE DE L'ALTER...
C'EST PLUTÔT VAGUE, TOUT ÇA...
J'AIMERAIS VOIR À QUEL POINT EXACTEMENT IL PEUT ÉVOLUER !
SALUT, KUIN !
QU'EST-CE QUE TU FAIS ?
TES DEVOIRS ?
NON...
J'ÉCRIS UN RAPPORT POUR LE BOULOT !
SÉRIEUX ? ÇA A L'AIR TROP GALÈRE !

AAAAAAAH !
C'EST UN SUPER-VILAIN ÉCLAIR AVEC UN ALTER DE DURCISSE-MENT !
ENVOYEZ QUELQU'UN, S'IL VOUS PLAÎT !
COURAGE, CRÂNEUR-MAN !
BRAVO ! ESQUIVE !
CRAC
BAM
KRASH
C'EST MOI OU IL EST PLUS RAPIDE QUE LA DERNIÈRE FOIS ?
ET PLUS PUISSANT, AUSSI...

GROAAR
ドゴン
HA HA HA ! IL A DIT "CRAWLER" ! ♪
IL NE M'A PAS APPELÉ "CRÂNEUR-MAN" !
IL N'Y A PAS DE QUOI SE RÉJOUIR !
ÇA SIGNIFIE QU'IL T'A DANS LE COLLIMATEUR !
TANT MIEUX ! S'IL EN A APRÈS MOI, JE POURRAI L'ÉLOIGNER DES CIVILS !
KNUCKLE DUSTER N'EST PAS DISPO, AUJOUR-D'HUI...
TU POURRAS TE LE FAIRE TOUT SEUL ?
J'AI UN TRUC PERSO À RÉGLER !
ALORS COMME ÇA, IL A UNE VIE ?
NON, AUCUNE CHANCE !
APPELLE LES AUTORITÉS PENDANT QUE JE GAGNE DU TEMPS !
PFF...
JE M'EN DOUTAIS...

JE CROIS QU'ON N'EST PAS OFFICIELLEMENT UN "SUPER-VILAIN" À MOINS D'AVOIR COMMIS PLUS D'UN CRIME AVEC SON ALTER...
IL FAUT QU'IL Y AIT RÉCIDIVE...
AKIRA IWAKO (25 ANS), CONDAMNÉ AVEC SURSIS POUR VANDALISME ET COUPS ET BLESSURES.
JE LE PENSAIS EN PRISON !
AH, OK ! ALORS ON VA TÂCHER DE LE CALMER AVANT QU'IL AGGRAVE SON CAS !
GRR... T... TOI ?
ENCORE TOI ?!
POURQUOI IL FAUT TOUJOURS QUE TU PRENNES LA DÉFENSE DES SALES TYPES ?!
C... CRAWLER !!

JE SUIS L'HOMME QUI ACCOURT DÈS QU'IL Y A DU GRABUGE ! JE SUIS...
THE CRAWLER !!
ÉPISODE 9 [Exécution]
EH, DIS DONC !
KRASH
BAM
ON L'AVAIT DÉJÀ ARRÊTÉ, CELUI-LÀ !
C'EST LE MEC EN PIERRE...

AAAAAAAH !
GRAC
ATTENTION ! UN SUPER-VILAIN !!
NE RESTEZ PAS LÀ !!
VSHMM

KOICHI & POP EN UNIFORME SCOLAIRE

THE CROQUIS PRÉPARATOIRES

THE COULISSES

APPAREMMENT, IL N'EXISTE PAS DE CROQUIS DE POP ENFANT ! À LA PLACE, LA VOICI DANS SON UNIFORME SCOLAIRE, EN COMPAGNIE DE KOICHI... SUR CETTE ILLUSTRATION, ILS ONT À PEU PRÈS LE MÊME ÂGE.
J'AVAIS L'INTENTION D'ATTENDRE QUE LA SÉRIE AIT UN PEU PLUS AVANCÉ POUR ÉVOQUER LE PASSÉ DE CES DEUX PERSONNAGES, MAIS APRÈS RELECTURE DES DEUX PREMIERS CHAPITRES, JE ME SUIS RENDU COMPTE QUE LES SENTIMENTS DE POP ÉTAIENT ÉVIDENTS DEPUIS LE DÉBUT. MAINTENANT, LE FAIT DE REMERCIER KOICHI EST OFFICIELLEMENT DEVENU UN OBJECTIF À ATTEINDRE POUR LA JEUNE FILLE. COURAGE ! [HIDEYUKI FURUHASHI]

J'AIME BIEN LA COUPE RINGARDE, STYLE "FILS À SA MAMAN", DE KOICHI. JE ME SOUVIENS QU'ON AVAIT RETRAVAILLÉ UN PEU LES RÉPLIQUES DE POP À LA FIN DU DEUXIÈME CHAPITRE... EN FIN DE COMPTE, ELLES ONT POSÉ LES BASES POUR CELUI QUE VOUS VENEZ DE LIRE. JE NE PEUX QUE DIRE : "BIEN JOUÉ, MONSIEUR FURUHASHI" ! [BETTEN COURT]

POF
POF
RAAAH ! J'EN AI MARRE !!
...
"RIEN QU'EN LE PORTANT ...
GRSH
JE SENS LE COURAGE MONTER EN MOI" ...
PFF...
FAUT VRAIMENT ÊTRE DÉBILE POUR Y CROIRE !
C'EST RIDICULE !

OUAIS, ON T'ÉCOUTE !
LES PUDDINGS, C'EST POUR LES GONZESSES ET LES MIOCHES !
CHOMP CHOMP
もぐもぐ
EH BIEN N'EN MANGEZ PAS, ALORS !
CHOMP CHOMP
もぐもぐ
EUH... OÙ EST MA PART ?
QU'EST-CE QUE TU VOULAIS ME DIRE ?
ÇA A UN RAPPORT AVEC CE SAC ?
PAS TOUCHE !
CE SONT DES AFFAIRES PERSONNELLES !
JE RENTRE !
HEIN ?
ELLE EST VENUE FAIRE QUOI, AU JUSTE ?
HANEYAMA

JE SUIS SÛRE D'UNE CHOSE...
C'EST QUE TU AS RÉALISÉ TON RÊVE !
TIENS ? QU'EST-CE QU'IL Y A ?
TU AS OUBLIÉ UN TRUC ?
J... JE VOULAIS JUSTE TE PARLER...
AHEM...

MERCI POUR TOUTES LES FOIS OÙ TU M'AS SAUVÉE !
EXCUSE-MOI DE T'AVOIR FAIT RATER TON EXAMEN !
PARCE QUE POUR MOI, TU AS TOUJOURS...
ÉTÉ UN HÉROS !

TU N'AS VRAIMENT AUCUNE MANIÈRE, TOI !
HA HA HA !
GRRR...
AH OUI ? C'EST CE QU'ON VA VOIR !
FRSH
TU NE POURRAS PAS DIRE QUE JE SUIS INGRATE !
BOING

JE N'AI JAMAIS CESSÉ DE PENSER À MON SAUVEUR !
!
IL Y A QUELQUE TEMPS, JE L'AI ENFIN RETROUVÉ, MAIS JE N'ARRIVE PAS À LE REMERCIER...

C'ÉTAIT MOI !
JE SUIS UNE FILLE, ANDOUILLE !
CE JOUR-LÀ, JE VOULAIS PRENDRE UN RACCOURCI EN SAUTANT D'UNE RIVE À L'AUTRE, COMME D'HABITUDE...
MAIS LA PLUIE DE LA VEILLE AVAIT RENDU LE SOL GLISSANT...
ET LE NIVEAU DE L'EAU AVAIT MONTÉ DANS LA RIVIÈRE...
FUIT
DEPUIS CE MOMENT...

KAZUHO
ET D'ABORD, CE PETIT GARÇON...
CLAC
ガチャ
CLAC
ガラ
...

SI JE COMPRENDS BIEN, TU AS GÂCHÉ TON AVENIR EN JOUANT LES BONS SAMARITAINS !
TAP
TU ME FAIS PITIÉ, TIENS !
JE ME CASSE !
POURQUOI TU TE METS DANS CET ÉTAT ?
C'ÉTAIT CENSÉ ÊTRE LE MOMENT OÙ JE REMONTAIS DANS TON ESTIME !
BAM
QUEL IDIOT !
MAIS QUEL GROS ABRUTI !
BOING
POURQUOI ÇA TE SUFFIT ? POURQUOI TU AS ABANDONNÉ TON ÂME DE HÉROS ?
TU NE POURRAIS PAS PENSER UN PEU PLUS À TOI ?
HANEYAMA

JE SUIS ARRIVÉ TROP TARD POUR PASSER LE CONCOURS...
...
IL M'ARRIVE DE PENSER...
QUE SANS CET INCIDENT...
J'AURAIS PEUT-ÊTRE CONTINUÉ À VISER UNE CARRIÈRE DE PRO !
D'UN AUTRE CÔTÉ, JE ME DIS QU'EN MÊME TEMPS QUE LE SWEAT...
J'AI PEUT-ÊTRE TRANSMIS MON ÂME DE HÉROS À CE PETIT GARÇON...
J'AI CHOISI CETTE VOIE APRÈS QU'ON M'A SAUVÉ LA VIE QUAND J'ÉTAIS PETIT !
EH ! C'EST CE GAMIN !
ET ÇA ME SUFFIT...
C'EST RIDICULE !
HEIN ?

BRR... JE SUIS GELÉ !
CLAC
CLAC
FSHHH
WOOSH
QUEL-QU'UN PEUT RAMAS-SER MON SWEAT ?
TIENS, LE VOILÀ !
PLOF
C'EST PAS POUR MOI, C'EST POUR LE GAMIN !
OH NON ! MON EXAM !!
RÉSUL-TAT...

L... LA CAVALERIE EST LÀ !!
VSH
PLOUF
SPLASH
AAAH ! L'EAU EST GLACÉE !
LE COURANT EST TROP FORT !
JE ME
OIE !!
SPLASH
ÇA VA ALLER, PETIT ?
OOH !
MAIS... J'AI PIED EN FAIT !
VSHHHHHH

MAIS LE JOUR J...
QUELLE GALÈRE ! JE SUIS À LA BOURRE !
VSHHHHHH
VSHHHHH
QUOI ? LA GARE N'ÉTAIT PAS DE CE CÔTÉ ?
J'Y COMPRENDS RIEN, AUX RUES DE CETTE VILLE !
HAN
HAN
C'EST AFFREUX !
IL Y A UN ENFANT EN TRAIN DE SE NOYER !
EUH...
NON, C'EST PAS LE MOMENT DE PENSER À MON TRAIN !
CRR
...

TADAM
C'EST UNE PIÈCE DE COLLECTION TRÈS PRISÉE PAR LES FANS !
D'AILLEURS, IL N'EST PAS AU RABAIS NON PLUS...
CHAQUE ANNÉE, IL Y EN A UNE NOUVELLE QUI SORT EN ÉDITION LIMITÉE...
ET JE LES AI TOUTES, À PART LA VERSION ÂGE D'ARGENT AVEC COULEURS OFFICIELLES D'IL Y A CINQ ANS !
AH, IL T'EN MANQUE UNE ?
OUI, JE L'AI DONNÉE À QUEL-QU'UN...
EN FAIT, AU COLLÈGE, J'ÉTAIS AS-SEZ DÉCIDÉ À DEVENIR UN SUPER-HÉROS...
JE M'ÉTAIS INSCRIT AU CONCOURS D'ENTRÉE POUR LA FILIÈRE HÉROÏQUE D'UN LYCÉE DE TOKYO...

TE FÂCHE PAS !
LA PROCHAINE FOIS QUE J'ACHÈTERAI UN DESSERT, J'EN PRENDRAI AUSSI POUR TOI...
ON S'EN FICHE, DE ÇA !
PFF... DE TOUTE FAÇON, TU ES UN RADIN...
C'EST POUR ÇA QUE TU T'OBSTINES À RECOUDRE TON TRUC TOUT NAZE ACHETÉ AU RABAIS !
IL N'EST PAS NAZE DU TOUT !
TU PEUX ME CRITIQUER AUTANT QUE TU VEUX...
MAIS NE DIS PAS DE MAL DE MON SWEAT !
GRR...

JE COMPTAIS LE MANGER, CE PUDDING ...
かあ〜っ
PSHHH
C... COMMENT TU VOULAIS QUE JE LE SACHE ?!
TU N'AVAIS QU'À ÉCRIRE TON NOM DESSUS !
ÇA VA, Y A PAS MORT D'HOMME ...
MAIS TU N'AS VRAIMENT AUCUNE MANIÈRE, TOI !
BAM
DIS DONC !
JE TE TROUVE MAL PLACÉ POUR ME DONNER DES LEÇONS !

QU'EST-CE QUE TU FABRIQUES ?
JE RE-COUDS MON SWEAT ...
AH, TOUJOURS LE MÊME ? TU DEVRAIS EN ACHETER UN PLUS SOLIDE !
NON, JE NE PEUX PAS ME PASSER DE CELUI-LÀ !
PARFAIT !
C'EST UN PRODUIT OFFICIEL D'ALL MIGHT...
RIEN QU'EN LE PORTANT, JE SENS LE COURAGE MONTER EN MOI !
ÇA TE DONNE ENVIE DE JOUER LES HÉROS, HEIN ?
?
AH !

CLAC
TIENS, TU ES LÀ ?
BEN OUI...
C'EST CHEZ MOI, JE TE RAPPELLE !
OUAIS, OUAIS ...
TU AS QUELQUE CHOSE À BOIRE ?
PUDDING
♪

ÉPISODE 8 [Mon sauveur]

BIG SHOT / ENIGMA / ONEMU SHINYA*

CES PERSONNAGES SONT LES GAGNANTS D'UN CONCOURS POUR LEQUEL LES LECTEURS JAPONAIS PROPOSAIENT LEURS CRÉATIONS.

THE CROQUIS PRÉPARATOIRES

THE COULISSES

CE SONT DES HÉROS CRÉÉS DANS LE CADRE D'UNE MISE À CONTRIBUTION DES LECTEURS. AU DÉBUT, ON PENSAIT LES INTRODUIRE TOUS LES TROIS ENSEMBLE DANS LE CHAPITRE 7, EN TANT QU'EMPLOYÉS DE L'AGENCE D'INGENIUM. MAIS COMME ENIGMA AVAIT DES CARACTÉRISTIQUES AMUSANTES, ON S'EST DIT QU'ON POUVAIT LUI CONSACRER UNE HISTOIRE, D'OÙ SON APPARITION TARDIVE.
TOUJOURS À PROPOS D'ENIGMA, DANS LES ILLUSTRATIONS QU'ON A REÇUES, SON VRAI VISAGE A UN STYLE DIFFÉRENT, TRÈS SINGULIER. JE ME SUIS DEMANDÉ S'IL FALLAIT QUE L'IDENTITÉ DU MYSTÉRIEUX VILAIN SOIT COMPLÈTEMENT INATTENDUE OU ABSOLUMENT ÉVIDENTE... COMME J'AI OPTÉ POUR LA SECONDE OPTION, J'AI DONNÉ AU PERSONNAGE LES MÊMES TRAITS QUE SA FORME GÉANTE. C'EST DONC UNE MODIFICATION QUE J'AI APPORTÉE POUR FACILITER SON UTILISATION DANS L'HISTOIRE. J'ESPÈRE QU'ON NE M'EN VOUDRA PAS ! [HIDEYUKI FURUHASHI]

LE PERSONNAGE QUE J'AI PERSONNELLEMENT CHOISI EST ONEMU SHINYA. CE QUI M'A LE PLUS SÉDUIT CHEZ ELLE, C'EST SANS DOUTE LE FAIT QU'AU MOMENT DE LA DESSINER, J'AI DÉCOUVERT UN SENS ESTHÉTIQUE DIFFÉRENT DU MIEN. ELLE A DONC REPRÉSENTÉ UN CERTAIN CHALLENGE... J'AURAIS AIMÉ MIEUX FAIRE RESSORTIR LA QUALITÉ DE SON DESIGN D'ORIGINE, ET ÇA VAUT AUSSI POUR ENIGMA ET BIG SHOT ! [BETTEN COURT]

** EN JAPONAIS, "ONEMU" SIGNIFIE "ENSOMMEILLÉ" ET "SHINYA" VEUT DIRE "TARD DANS LA NUIT", NDT.*

C'EST MOI !
ALORS ? VOUS ÊTES ARRIVÉS À TEMPS ?!
OUI, DE JUSTESSE !
ELLE M'A MÊME REMERCIÉ !
ALORS ON EST PARDONNÉS ? OUF !
OUAIS, ON A EU CHAUD ...
QUAND JE PENSE QU'ON A AGRESSÉ UNE HÉROÏNE ! ON A FAILLI DEVENIR DES VILAINS !
CARRÉMENT !
GULP
...
MAIS NON ! AVEC UNE TRONCHE PAREILLE, ELLE PEUT PAS NOUS EN VOULOIR DE LUI AVOIR TAPÉ DESSUS !
ぷはっ
BURP
VOUS, JE NE VEUX PLUS VOUS ENTENDRE !
BE

MAIS SI LES SUPER-HÉROS ONT LEUR PROPRE RÔLE À JOUER...
ON ACCOMPLIT AUSSI DES CHOSES DONT NOUS SEULS SOMMES CA-PABLES !
C'EST EN TOUT CAS CE QUE DIT KNUCKLE DUSTER...
ET J'AI DÉCIDÉ DE CROIRE EN SES PA-ROLES !

C'EST QUELLE AGENCE QUE VOUS CHERCHEZ ?
TEAM IDATEN ?!
VOUS ALLEZ VOIR INGENIUM ?!
HEIN ? C'EST POUR UN ENTRETIEN D'EMBAUCHE ?! FAUT PAS TRAÎNER, ALORS !
JE VOUS Y EMMÈNE !
HUE, DADA !
BONNE CHANCE !
VOILÀ NOTRE QUOTIDIEN !
VSHHH
CE QU'ON FAIT EST BIEN SÛR ILLÉGAL, ET ON SE PLANTE ASSEZ SOUVENT...

J'ME RENDAIS À UNE AGENCE DE HÉROS ...
MAIS C'EST-Y PAS QUE JE M'SUIS COMPLÈTEMENT PERDUE !
ALORS J'AI AUGMENTÉ MA TAILLE POUR Y VOIR MIEUX...
JE VOUS AI FAIT PEUR ?
MISÈRE !
T... TOUTES NOS EXCUSES !!
ON VOUS AVAIT PRISE POUR UNE SUPER-VILAINE...
PÔ GRAVE, PÔ GRAVE !
LOST

EH LÀ, ON SE CALME !
JE ME FICHE QUE CE SOIT UNE VILAINE ! VOUS NE POUVEZ PAS TABASSER CETTE FILLE !
HEIN ?
BEN OUI !
ELLE A RAISON, ALLEZ-Y DOUCEMENT !
OK ! JE L'ÉTRANGLE, ALORS !
ARGH ...
VOUS CROYEZ QUE C'EST MIEUX ?!
ÇA SUFFIT, POUSSEZ-VOUS !
OUSTE !
JE ME CHARGE DE LA FOUILLER !
OH !
ELLE A UN PERMIS DE SUPER-HÉROS !
QUOI ?! C'ÉTAIT PAS UNE ENNEMIE ?!

IL S'EST MÊLÉ À LA FOULE...
MAIS ÇA NE LE SAUVERA PAS !
VSH
ALORS ? QUI EST NOTRE MONSTRE ?!
①
②
③
④
⑤
LOST
MON INSTINCT ME DIT QUE C'EST LE NUMÉRO CINQ !
OH MON DIEU, QUELLE BRILLANTE DÉDUCTION !

EH OH ! PAR ICI !
J'ATTIRE SON ATTENTION...
HMM... DRÔLE DE SENSATION !
CRACK
ET KNUCKLE DUSTER EN PROFITE POUR FRAPPER !
BLOP
IL ENFLE ET RÉTRÉCIT À VOLONTÉ...
ÇA NE DOIT PAS ÊTRE SON VRAI CORPS !
IL EST ENTRÉ DANS CETTE RUELLE !
PUISQU'IL S'EN VA BIEN SAGEMENT, AUTANT LE LAISSER FAIRE...
OH NON, ON NE LE LÂCHE PAS !

HA HA HA HA !
TU AS VU, KOICHI ?
ÇA, C'EST DU VILAIN !
CRRR
REGARDE-MOI CET AIR SINISTRE...
DOOOM
C'EST LA TROGNE D'UN MONSTRE AVEC LEQUEL ON NE PEUT PAS DISCUTER !
SI ON NE L'ARRÊTE PAS, IL VA SEMER LA TERREUR ...
ET BRISER LES VIES DE CIVILS INNOCENTS !
SON CORPS DOIT ÊTRE RÉSISTANT AUX COUPS...
LE MIEUX, C'EST DE VISER LA TRONCHE... UN BON DIRECT SUR LE PIF ! HÉ HÉ HÉ...
OH, COMME VOUS AVEZ RAISON ! HÂTONS-NOUS DE LE NEUTRALISER !
(ENTHOUSIASME : ZÉRO)

AAH ! UN SUPER-VILAIN !
IL EST IMMENSE !
IL DOIT BIEN FAIRE QUATRE MÈTRES ...
GRRR
NON, CINQ !
IL GRANDIT DE PLUS EN PLUS !
DOOOM
ON VA TOUS MOURIR !

YEAH ! ☆
CLICK !
AIDEZ-MOI À POPULARISER CETTE POSE, OK ?
SI ON LANCE LA MODE DE TIRER LA LANGUE SUR LES PHOTOS...
ÇA FACILITERA NOTRE ENQUÊTE !
VOUS N'AVEZ PLUS QU'À RESTER ASSIS EN ATTENDANT LES RÉSULTATS !
ALLEZ, CHEESE !
TIRE LA LANGUE !
HA HA ! J'AI L'AIR DÉBILE...
...
OH NON ! IL EST DE MAUVAIS POIL, À FORCE DE S'ENNUYER !
BAM
FUK
FUK
SI UN VILAIN NE SE RAMÈNE PAS TOUT DE SUITE, LES PASSANTS RISQUENT DE SE FAIRE AGRESSER !
PAR KNUCKLE DUSTER...
ON AURAIT PEUT-ÊTRE DÛ L'ATTACHER...

IL Y A TROP DE RISQUES DE BAVURES, AVEC VOS MÉTHODES...
C'EST DE LEUR FAUTE S'ILS ONT UNE SALE GUEULE !
VOUS ALLEZ AGRESSER DES INNO-CENTS !
ON PART SUR UN TERRAIN GLISSANT, LÀ...
MAIS POP ET MOI, ON A EU UNE IDÉE POUR ÉVITER ÇA !
?
SALUT ! C'EST MOI, POP STEP, LA STAR DE LA POP !
AUJOUR-D'HUI, SÉANCE PHOTOS IMPROVI-SÉE ! ☆
OUAIIIIS !
VENEZ SERRER L MAIN DE POP☆STEP !!!

TIENS, BONJOUR !
ON VA S'OCCUPER D'UN AUTRE TYPE D'OR-DURES...
TAP
ET SANS FAIRE DANS LA DENTELLE !
KNUCKLE DUSTER, LE NETTOYEUR AUX POINGS DE FER.
EN GROS, ON VA ENCORE CHASSER LES ACCROS AU TRIGGER ?
CEUX DONT LA LANGUE EST DEVE-NUE NOIRE...
C'EST ÇA !
ON TA-BASSE TOUS LES TYPES QUI ONT L'AIR VAGUEMENT SUSPECTS...
ET ON LEUR OUVRE LA BOUCHE POUR VÉ-RIFIER !

POUR MOI, IL N'Y A AUCUNE HONTE À GARDER LES RUES PROPRES !
M... MOUAIS, JE TROUVE QUE TU AS DE DRÔLES D'HABITUDES...
ENFIN, SI ÇA TE PLAÎT, FAIS COMME TU VEUX !
CLANG
J'Y COMPTE BIEN, MAIS J'AIMERAIS AUSSI QUE LES GENS ME COMPREN-NENT !
C'EST L'HEURE, KOICHI !

OH, C'EST CRÂNEUR-MAN !
PERSONNE NE M'AP-PELLE "THE CRAWLER" !
SALUT, CRÂNEUR-MAN !
MERCI, CRÂNEUR-MAN !
IL Y A JUSTE UN SOUCI...
SON NOM, C'ÉTAIT PAS GENTLE-MAN ?
SI, MAIS ÇA A CHANGÉ !
MAINTE-NANT, C'EST "CRÂNEUR-MAN", POUR PAS QU'IL PRENNE LA GROSSE TÊTE !
JE ME DEMANDE POUR-QUOI...
ÇA DOIT ÊTRE PARCE QU'ON ME VOIT COMME UN HOMME À TOUT FAIRE, DEPUIS L'ÉPOQUE DE "GENTLE-MAN"...
ON NE ME RES-PECTE PAS !
SI TU VEUX PASSER POUR UN HÉROS, ARRÊTE DÉJÀ DE RAMASSER LES OR-DURES...
C'EST TROP NUL !
HMM ...

ATTEN-TION !
VSHH
NE FONCE PAS COMME ÇA DANS LA RUE, C'EST DANGE-REUX !
CHÉRI ! TU AS OU-BLIÉ TON DÉJEU-NER !
JE M'EN OCCUPE !
NOOON ! JE SUIS EN RETARD !!
MONTE, JEUNE FILLE !
AU-JOUR-D'HUI COMME HIER...
JE SUIS L'HOMME QUI FACILITE LA VIE DES HABITANTS ! JE SUIS...
VSHHH
THE CRAWLER !!

VSHHH
GÉNIAL !
C'EST TELLEMENT PLUS FACILE, MAINTENANT QUE JE MAÎTRISE MON ALTER !
TIENS, TIENS... EN VOILÀ UN QUI PREND LA RUE POUR UNE POUBELLE !
VSHHH
VSH
VSH
LES CANETTES VIDES, ÇA VA LÀ-DEDANS !
EUH... OUI, PARDON !

ÉPISODE 7.5 [L'importance des apparences]

LA CHAUVE-SOURIS

THE CROQUIS PRÉPARATOIRES

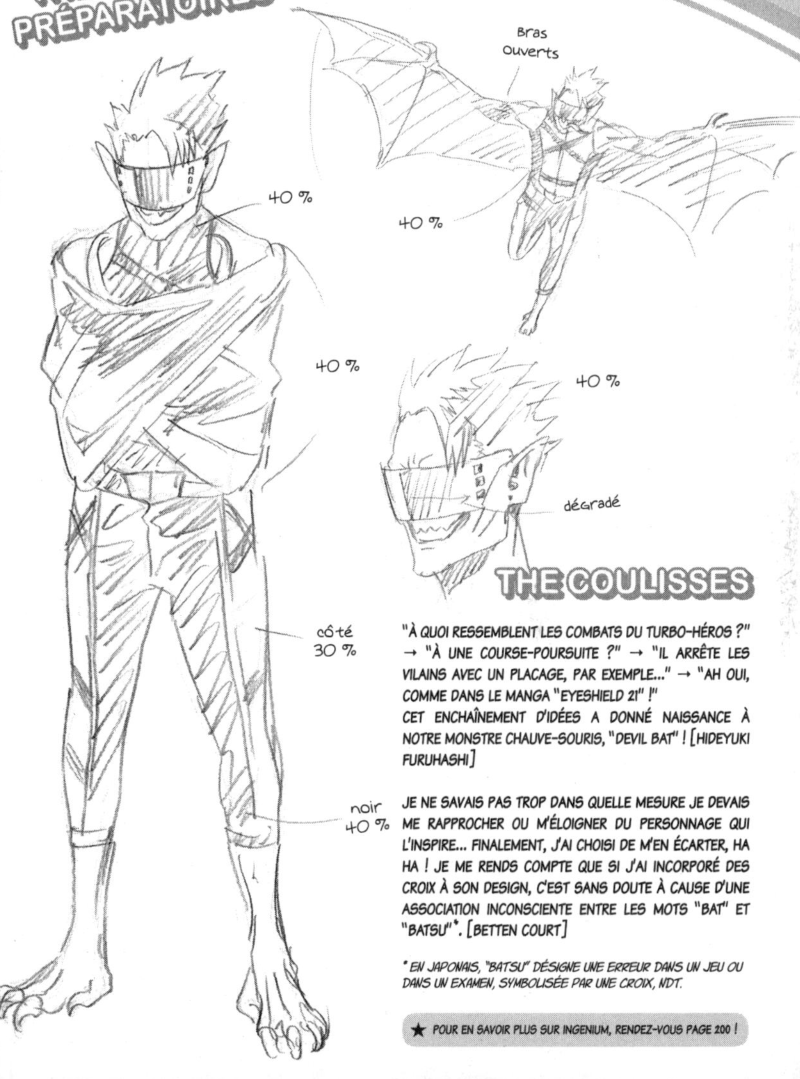

THE COULISSES

"À QUOI RESSEMBLENT LES COMBATS DU TURBO-HÉROS ?" → "À UNE COURSE-POURSUITE ?" → "IL ARRÊTE LES VILAINS AVEC UN PLACAGE, PAR EXEMPLE..." → "AH OUI, COMME DANS LE MANGA "EYESHIELD 21" !"
CET ENCHAÎNEMENT D'IDÉES A DONNÉ NAISSANCE À NOTRE MONSTRE CHAUVE-SOURIS, "DEVIL BAT" ! [HIDEYUKI FURUHASHI]

JE NE SAVAIS PAS TROP DANS QUELLE MESURE JE DEVAIS ME RAPPROCHER OU M'ÉLOIGNER DU PERSONNAGE QUI L'INSPIRE... FINALEMENT, J'AI CHOISI DE M'EN ÉCARTER, HA HA ! JE ME RENDS COMPTE QUE SI J'AI INCORPORÉ DES CROIX À SON DESIGN, C'EST SANS DOUTE À CAUSE D'UNE ASSOCIATION INCONSCIENTE ENTRE LES MOTS "BAT" ET "BATSU"*. [BETTEN COURT]

*EN JAPONAIS, "BATSU" DÉSIGNE UNE ERREUR DANS UN JEU OU DANS UN EXAMEN, SYMBOLISÉE PAR UNE CROIX, NDT.

★ POUR EN SAVOIR PLUS SUR INGENIUM, RENDEZ-VOUS PAGE 200 !

OUI, BIEN SÛR... VOUS AVEZ RAISON...
INGENIUM
BON SANG, ÇA T'A FICHU UN COUP AU MORAL !
JE SUIS DÉSOLÉ, MON VIEUX !
ALLEZ, C'EST PAS LA FIN DU MONDE !
OK ?
OUAIS, OUAIS ...
...
ON FAIT LA COURSE JUSQU'AU PROCHAIN CROISEMENT ?!
TAP TAP TAP
EH ! C'EST DE LA TRICHE !!

J'AIMERAIS REPRENDRE...
MA CARTE DE VISITE !
HEIN ?!
JE T'AVAIS PARLÉ D'AFFECTER LA BONNE PERSONNE AU BON ENDROIT...
MAIS SI TU AS DÉJÀ TROUVÉ TA PLACE, C'EST QUELQUE CHOSE QUE JE DOIS RESPECTER !
EN TANT QUE PRO, JE NE PEUX PAS EN DIRE PLUS !
DE TOUTE FAÇON ...
ÇA NE SE FAIT PAS, DE PROPOSER DU BOULOT À UN COMPAGNON DE JOGGING !

TAP TAP TAP
SALUT ! MERCI POUR L'AUTRE FOIS !
AAAH ! VOUS M'AVEZ FICHU LA TROUILLE !
C'EST DONC TOI, EUH... THE CRAW...
J... JE NE VOIS PAS DE QUOI VOUS VOULEZ PARLER !
JE NE SUIS QU'UN JOGGEUR ANONYME !
BIEN SÛR, SUIS-JE BÊTE...
BON, EH BIEN SI JAMAIS TU VOIS THE CRAWLER, DIS-LUI DE MA PART...
QU'IL A FAIT UNE BELLE COURSE !
AH, ET PARDON SI C'EST UN PEU BRUSQUE, MAIS...

NOUS SOMMES CEUX QUI N'HÉSITENT JAMAIS À AIDER LES DÉFENSEURS DE LA JUSTICE ! NOUS SOMMES ...
KNUCKLE DUSTER...
ET...
THE CRAWLER !
MOI, J'AI RIEN À VOIR AVEC EUX !
SALLE DE CONTRÔLE À INGENIUM !
EST-CE QU'ON POURSUIT CES INDIVIDUS ?
NON...
LAISSEZ TOMBER ! ON A ASSEZ TRAVAILLÉ POUR AUJOURD'HUI !

QUI L'A EU ?!
VOUS SAVEZ, ENTRE LE FAIBLE ÉCLAIRAGE ET LES BÂTIMENTS DÉSAFFECTÉS, C'EST PAS ÉVIDENT DE COINCER DES VILAINS DANS LES PARAGES !
MAIS AVEC L'EXPÉRIENCE, ON PEUT DEVINER PAR QUEL CHEMIN ILS VONT S'ÉCHAPPER ET LES DEVANCER...
BREF, IL FAUT CONNAÎTRE LE TERRAIN !
?!
HÉ HÉ !
...
TU ES...

SONNE ?!
BAM
COU-COU !
VSH
VLAN
A... ALORS ÇA...

MAIS C'EST PLUS DIFFICILE QUE JE NE LE PENSAIS DE COURIR DANS CE LABYRINTHE DE RUELLES !
ET POUR NE RIEN ARRANGER, LE VILAIN EST À L'AISE DANS LE NOIR, AVEC SON ALTER DE CHAUVE-SOURIS !
ÇA VA ÊTRE COMPLIQUÉ DE LE CAPTURER !!
VSH
?!
HA HA HA ! RENTREZ CHEZ VOUS, LES NAZES !
SUR LA ROUTE OU DANS LES RUES, PERSONNE NE PEUT M'ARRÊTER ! PER...
VSHHH

MERDE !
IL A PASSÉ B3 ET B4 !
ICI B5 ! IL M'A ÉCHAPPÉ AUSSI !
IL SE DISSIMULE DANS L'OBSCURITÉ !
NE LE POURSUIVEZ PAS ! MAINTENEZ L'ENCERCLEMENT !
J'ARRIVE TOUT DE SUITE !
DRRRRR
CRIIII
OUH LÀ !
BON SANG ! J'AVAIS REPÉRÉ LES LIEUX UN PEU PLUS TÔT...

TSS... TU PARLES D'UN PIÈGE !
FLAP
!
VIOU
AVEC CE RA-MASSIS DE SECONDS COUTEAUX...
C'EST UN JEU D'ENFANT DE PASSER ENTRE LES MAILLES DU FILET !!
ICI L'UNITÉ DE RECONNAIS-SANCE ! J'AI PERDU DE VUE LE VILAIN !
IL VA FALLOIR LE POUR-CHASSER SUR LA TERRE FERME ...
OUVREZ L'ŒIL !!
VSHHH
BASH

VOILÀ COMMENT IL DISPARAISSAIT À CHAQUE FOIS !
CE N'ÉTAIT PAS UN FOU DU VOLANT, MAIS UN AFFREUX QUI VOLAIT !
HA HA HA !
TU TROUVES ÇA DRÔLE, TENSEI ?! IL VA NOUS ÉCHAPPER !
PAS DE PANIQUE, ON A PRÉVU LE COUP ! SALLE DE CONTRÔLE !
LA CIBLE A QUITTÉ LA VOIE EXPRESS ET SE DIRIGE VERS LE VIEUX QUARTIER DE HIGASHI-NARUHATA !
LE POINT FORT DE LA TEAM IDATEN, C'EST DE MISER SUR LE NOMBRE POUR DES OPÉRATIONS À GRANDE ÉCHELLE !
L'ÉQUIPE DEUX EST DÉJÀ EN ROUTE !
ON VA LE PRENDRE AU PIÈGE !
PARFAIT ! ON LE TIENT !

ET TOI, TU T'ES FAIT UNE RAISON ?!
CRIII
GRR...
FLAP
IL S'EST ENVOLÉ !

NON, TU N'Y ES PAS !
?!
VSHHH
MA VIE, JE L'AI CONFIÉE ...
À MES ÉQUIPIERS !
PLAF

TU COURS MIEUX QUE LA DERNIÈRE FOIS !
TU AS LÂCHÉ DU LEST ?!
"TU AS RETIRÉ LES AIR-BAGS ?!
ES-PÈCE D'AN-DOUILLE ! TU VEUX TE SUICI-DER ?!
CE TYPE N'HÉSITERA PAS À TE TACLER !"
...
TU T'ES ENFIN FAIT UNE RAISON ?!
TU ES PRÊT À MOURIR POUR LA VITESSE ?!
À METTRE TA VIE EN JEU DANS CETTE COURSE ?!
VSHHH

鳴羽田
Naruhata
SORTIE
5 km
VROUM
COMME ON SE RE-TROUVE !
TU M'ÔTES LES MOTS DE LA BOUCHE !
DRRRR
VSHHH

MAIS NON, IL M'A JUSTE DONNÉ SA CARTE DE VISITE !
IDATEN
INGENIUM
Le turbo-héros
TEL XX-XXXX-XXXX
C'EST TOUT ? IL T'EN FAUT PEU !
JE SUIS SÛRE QU'IL EN DISTRIBUE À TOUT LE MONDE...
C'EST COMME DES PROSPECTUS !
ET ALORS ?
ÇA FAIT TOUJOURS PLAISIR DE RECEVOIR UN PEU D'ESTIME !
TIENS !
MOUAIS, SI TU LE DIS...
...
ET MOI, ALORS ? JE SUIS PLUS ASSEZ BIEN POUR TOI ?!
?
CHOMP
CHOMP
VOUS, C'EST DIFFÉRENT...
JE PRÉFÈRE AVOIR LA CONSIDÉRATION D'UNE PERSONNE INTÉGRÉE À LA SOCIÉTÉ, SI POSSIBLE !
TU M'ÉTONNES !

SALUT !
CLAC
ガチャ
BONJOUR !
FRSHHH
ジャアァ
IL Y A DU RIZ FRIT AU MENU, AUJOURD'HUI !
♪
POUR-QUOI IL EST TOUT JOYEUX, LUI ?
APPA-REMMENT, IL A ÉTÉ RECRUTÉ PAR UN HÉROS PROFES-SIONNEL ...

C'EST-À-DIRE QUE JE N'AI PAS DE PERMIS DE HÉROS...
POURQUOI NE PAS COMMENCER À TRAVAILLER COMME ASSISTANT, POUR DÉVELOPPER PETIT À PETIT TES TALENTS SUR LE TERRAIN ?
TU POURRAS PASSER L'EXAMEN PLUS TARD !
IL Y A PAS MAL DE GENS QUI, COMME TOI ET MOI...
ONT UN POUVOIR DE DÉPLACEMENT, MAIS DOIVENT SE RÉSIGNER À NE PAS LE METTRE EN VALEUR !
10
INTERDICTION DE COURIR SUR LA VOIE PIÉTONNE
C'EST DOMMAGE, NON ? QUAND ON POSSÈDE UNE TELLE APTITUDE, ON A ENVIE DE S'EN SERVIR POUR RENDRE LE MONDE MEILLEUR !
LA POLITIQUE DE LA TEAM IDATEN...
EST DE METTRE EN VALEUR LES ALTERS À APPLICATION UNIQUE EN AFFECTANT LA BONNE PERSONNE AU BON ENDROIT...
ET DE TOUT MISER SUR LE COLLECTIF !
Team IDATEN
INGENIUM
Le turbo-héros
TEL XX-XXXX-XXXX
JE LAISSE LA FORMATION DES HÉROS POLYVALENTS AUX ÉTABLISSEMENTS SPÉCIALISÉS !

UNE FOIS QUE TU AURAS TON DIPLÔME, QUE DIRAIS-TU DE VENIR BOSSER CHEZ MOI, HISTOIRE D'EXPLOITER TON ALTER ?
PAR-DON ?
INGENIUM
NOTRE AGENCE PRIVILÉGIE LE TRAVAIL EN ÉQUIPE...
CHACUN A UN RÔLE IMPORTANT, CEUX QUI SONT EN PREMIÈRE LIGNE COMME CEUX QUI SE CHARGENT DES PATROUILLES OU DE LA NA-VIGATION !
ET PUIS, J'AI TENDANCE À FONCER DANS LE FEU DE L'ACTION...
ALORS J'AURAIS BIEN BESOIN DE PARTENAIRES CAPABLES DE PLUS DE SUBTILITÉ !

DRRRRRR
NOTRE DEVOIR EST D'ACCOURIR LE PLUS RAPIDEMENT POSSIBLE POUR SAUVER ET RASSURER LES VICTIMES ...
VOILÀ POURQUOI LA VITESSE EST CE QUI COMPTE LE PLUS, DANS NOTRE MÉTIER !
EN TOUT CAS, C'EST MA VISION DES CHOSES !
OUAH...
ENFIN, CE N'EST PAS COMME SI J'ÉTAIS UN HÉROS...
VSH ビュ
J'ALLAIS Y VENIR !
TU ES ÉTUDIANT, NON ?

AH BON ?
QUAND DES GENS SONT PRIS DANS UNE CATASTROPHE OU DANS UNE ATTAQUE DE VILAIN...
QUELS SONT LES MOTS QU'ILS SE RÉPÈTENT DANS LEUR TÊTE ?
QUELQUE CHOSE COMME "À L'AIDE" ?
PRESQUE !
"À L'AIDE, VITE !"
ILS VOIENT LEUR MONDE S'EFFONDRER, ILS NE COMPRENNENT PAS CE QUI LEUR ARRIVE... DANS CES CONDITIONS, PERSONNE NE PEUT GARDER SON CALME !
ON EST SUBMERGÉ PAR L'ANGOISSE, COMME UN ENFANT PERDU...

GÉNIAL ! APRÈS TOUTES CES ANNÉES...
MON PROBLÈME EST ENFIN RÉSOLU !
CRIII
CRIII
TU NE T'ES JAMAIS VRAIMENT LÂCHÉ, AVEC TON POUVOIR !
TA TECHNIQUE DE COURSE VA CHANGER EN FONCTION DE TA VITESSE...
Y A PAS À DIRE, C'EST IMPRESSIONNANT !
HMM ...
IL COMMENCE SEULEMENT À SE DÉVELOPPER...
MAIS TON ALTER EST ADAPTÉ AUSSI BIEN AUX DÉPLACEMENTS SUPER RAPIDES QU'AUX MANŒUVRES EN ESPACE RESTREINT !
OUI, ENFIN ...
TOUT BIEN RÉFLÉCHI, ÇA NE ME SERVIRAIT PAS À GRAND-CHOSE D'ACCÉLÉRER !
AU CONTRAIRE ! LA VITESSE EST PRIMORDIALE !

C'EST PEUT-ÊTRE JUSTE QUE TU TE SERS MAL DE TON ALTER...
COM-MENT ÇA ?
TU ES CAPABLE DE RECULER...
DONC AU LIEU DE PENSER À T'ARRÊTER ...
ESSAIE DE CONTRER TON ÉLAN EN ACCÉLÉRANT DANS LA DIRECTION OPPOSÉE !
FUIT
JE NE SAIS PAS TROP ...
CRIII
ÇA MARCHE !
WAOUH !

TU GLISSAIS DRÔLEMENT BIEN... COMMENT FONCTIONNE TON POUVOIR ?
TU PROJETTES QUELQUE CHOSE PAR LES PIEDS ET LES MAINS...
COMME UN MOTEUR À RÉACTION ?
EUH... ÇA MARCHE AVEC LA FORCE DE RÉPULSION, JE CROIS...
TU NE VAS QUE VERS L'AVANT ?
NON, JE PEUX AUSSI RECULER, ME DÉPLACER LATÉRALEMENT...
VSHH
VSHH
OU ENCORE TOURNER SUR PLACE !
VRRR
WAOUH ! PAS MAL !
NON, VRAIMENT, C'EST PRATIQUE, COMME ALTER !
MOI, J'AI DU MAL AVEC LES VIRAGES SERRÉS !
BOUM
TU ES UN ROBOT OU QUOI ?!
TENYA ?!
MON PETIT FRÈRE, LUI, NE SAIT PAS ENCORE CHANGER DE DIRECTION !
MOI AUSSI, J'AI DU MAL À MAÎTRISER MA COURSE QUAND JE PRENDS DE LA VITESSE ...
ENFIN, C'EST SURTOUT QUE...
QUOI ? TU N'ARRIVES PAS À T'ARRÊTER ?
D'HABITUDE, JE FREINE AVEC MES SEMELLES ...
ET ZIP !
MAIS QUAND J'AI TROP D'ÉLAN, JE PARS EN DÉRAPAGE !

MOI, C'EST TENSEI IIDA...
INGENIUM, LE TURBO-HÉROS... TU CONNAIS ?
BEN OUI, QUAND MÊME ! IL EST CÉLÈBRE...
NON ? C'EST VOUS ?!
J'EN REVIENS PAS !
JE SUIS UN DE VOS FANS !
EUH... JE N'AURAIS PAS DÛ UTILISER MON ALTER DANS LA RUE, C'EST ÇA ?
VOUS ALLEZ M'ARRÊTER ?!
MAIS NON, VOYONS !
JE VOULAIS JUSTE...
TE DIRE D'ÊTRE PRUDENT !

ARGH ...
OUPS !
ATTENTION !
ギュン
VSH
DÉSOLÉ, JE NE VOULAIS PAS TE FAIRE PEUR !
TU ES ÉTUDIANT ?
TU HABITES LE QUARTIER ?
EUH... OUAIS ...

TIENS ...
UN TYPE QUI FAIT SON JOGGING !
BAH, TANT PIS S'IL ME VOIT ! JE LE DÉPASSE, L'AIR DE RIEN...
VSH
TOUT DOUCEMENT, PARCE QUE SI JE VAIS TROP VITE, J'AURAI DU MAL...
À M'ARRÊTER !
PSST
PSST
J'AI VRAIMENT UN PROBLÈME DE FREINAGE...
TAP TAP
COMMENT JE POURRAIS RÉGLER ÇA ?
AVEC DES GANTS À CRAMPONS, PEUT-ÊTRE ?
TAP TAP TAP
AAAAAH !!
TAP TAP TAP

TAP
TAP
TAP
LE QUARTIER OÙ J'HABITE EST UN PEU À L'ABANDON... C'EST UN ENCHEVÊTREMENT DE RUELLES AVEC PAS MAL DE VIEUX IMMEUBLES !
DEPUIS L'OUVERTURE DU PÉRIPHÉRIQUE, IL Y A DIX ANS, LES VOITURES NE PASSENT PLUS TELLEMENT PAR ICI...
LE MATIN EN PARTICULIER, ON NE VOIT QUE DES CAMIONS DE LIVRAISON !
BREF...
FUIT
C'EST L'ENDROIT IDÉAL POUR M'ENTRAÎNER À GLISSER !
VSHHH

PSHH
CLANG
INGENIUM !
WOOO
PIN
PON
INGENIUM ! RÉPONDEZ !
CRR
PIN
PON
AÏE... HEUREUSE-MENT QUE J'AVAIS MES AIRBAGS !
INGE... NIUM... RÉPON...
CRR
CRR
CRR

DANS UNE COURSE, IL FAUT SAVOIR RISQUER SA VIE !
BAM
ING
ING
CRASH
HA HA HA ! ADIEU, LA TORTUE !!

FINI DE JOUER AU CHAT ET À LA SOURIS !
RALENTIS IMMÉDIATEMENT...
OU BIEN ...
JE VAIS EMPLOYER LA FORCE !
VSH
!
TU ES TROP MOU, TURBO-HÉROS !

IDATEN
EH, TOI !
LE FOU DE LA VITESSE !
VCHHH
ÉPISODE 7 [Top Runner]

STAND OUT !
VSHHHH
VRRRM
TAP
TAP
TAP
INGENIUM : ÉQUIPEMENT GRANDE VITESSE.
DRRRR

DÉBUT DE LA SÉQUENCE DE LANCEMENT D'INGENIUM !
VÉRIFICATION DU CLIMAT ET DE L'ÉTAT DE LA CHAUSSÉE... ROUTE DÉGAGÉE À L'ARRIÈRE ! CONDITIONS EXTERNES : R. A. S.
CONTRÔLE DU FONCTIONNEMENT DE LA COMBINAISON... CONNEXION RADIO : OK ! ALIGNEMENT : OK ! MESURE DES SIGNES VITAUX : OK !
RÉGLAGE DE LA CATAPULTE TERMINÉ ! RALENTISSEMENT DE STAND 01, VITESSE À 80 KM/H !
INGENIUM PARÉ AU LANCEMENT !
ATTENTION DERRIÈRE ! ATTENTION DERRIÈRE !
VVVM
INGENIUM, LANCEMENT DANS CINQ SECONDES !
QUATRE...
TROIS...
DEUX...
UN...
VSH
DOOOM
ICI INGENIUM ! JE SORS !

Team IDATEN
STAND MOBILE 01
VROUUUM
SALLE DE CONTRÔLE À INGENIUM !
PRÊT POUR LE BRIEFING SUR LE VILAIN ?
À PREMIÈRE VUE, C'EST UN BOLIDE TOUT CE QU'IL Y A DE PLUS CLASSI-QUE !
EXACT ! LORS DE SES TROIS PRÉCÉDENTES APPA-RITIONS, IL A FAIT PLUSIEURS TOURS DE PÉRIPHÉRIQUE EN PROVOQUANT DES ACCIDENTS…
À CHAQUE FOIS, IL A DISPARU DU CÔTÉ DE NARUHATA !
HMM... IL DOIT RÉSIDER DANS LE COIN !
ICI STAND 01 ! ON A PASSÉ LA JONCTION VERS TOIDA !
SALLE DE CONTRÔLE À STAND 01 ! AUCUN VÉHICULE CI-VIL SUR CINQ KILOMÈTRES !
鳴羽田
Naruhata
SORTIE
5 km
BIEN !
VROUUUM

ATTENTION ! VÉHICULE PRIORITAIRE !
ATTENTION ! VÉHICULE PRIORITAIRE !
VROUUM
V-SHHH
STAND 01 À SALLE DE CONTRÔLE !
SUPER-VILAIN EN EXCÈS DE VITESSE DROIT DEVANT !
OÙ EST-CE QU'ON PEUT L'INTERCEPTER ?
SALLE DE CONTRÔLE À STAND 01 !
LE PÉRIPHÉRIQUE A ÉTÉ BARRÉ DANS LES DEUX SENS ENTRE TOIDA ET NARUHATA !

LE JUNKY

THE CROQUIS PRÉPARATOIRES

THE COULISSES

À L'OPPOSÉ DES FRÈRES "TEMPÊTE ET PASSION", QUI VOUS ASSOMMENT AVEC LEURS DISCOURS OISEUX, CET HOMME EST UN VILAIN AVEC QUI ON NE PEUT PAS DISCUTER. J'AI DEMANDÉ À BETTEN COURT DE LUI DONNER UN AIR DANGEREUX...
FACE À UN MONSTRE AYANT PERDU TOUTE LUCIDITÉ, FAIRE PARLER LES POINGS EST LA SEULE SOLUTION. [HIDEYUKI FURUHASHI]

JE SUIS ASSEZ FIER DE SON DESIGN, MAIS JE REGRETTE DE NE PAS AVOIR BIEN PU REPRÉSENTER SON POUVOIR TEL QUE M. FURUHASHI L'AVAIT IMAGINÉ... LE DESSINER N'A PAS ÉTÉ UNE MINCE AFFAIRE. [BETTEN COURT]

★ POUR EN SAVOIR PLUS SUR LES FRÈRES "TEMPÊTE ET PASSION", RENDEZ-VOUS PAGE 203 !

EUH... C'EST BIEN TOI, "HONEY" ?
WAOUH ! VOUS ÊTES BIEN BÂTI !
MERCI ! ET TOI, JE NE T'IMAGINAIS PAS AUSSI JOLIE...
HA HA HA !
BON, TRÊVE DE POLI-TESSES ! ON Y VA ? ♪
OK ! TU ES UNE RAPIDE, DIS DONC... C'EST BIEN CE QUE TU VEUX, TU ES SÛRE ?
HÉ HÉ HÉ... J'AI HÂTE DE VOIR VOTRE CÔTÉ SAUVAGE !
JE RIGOLE ! ☆

NON, CES JUSTICIERS HORS-LA-LOI NOUS ARRANGENT, AU CONTRAIRE !
GRÂCE À EUX, ON PEUT PRENDRE DES MESURES EN COMBAT RÉEL SANS AVOIR AFFAIRE AUX HÉROS OU À LA POLICE...
JE PRÉFÈRE CONTINUER DANS CETTE VOIE !
HMM... COMME VOUS VOULEZ, MAIS EUX ESSAIENT DE NOUS DÉMASQUER !
PFF...
IL S'AGIT DONC DE COLLECTER DES INFORMATIONS SANS EN DONNER ...
À TOI DE DÉMONTRER TES TALENTS DE COORDINATRICE, KUIN !
HEIN ? ALORS C'EST ÇA, MON TRAVAIL ?
AH !

LE MIEUX, C'EST QUE PERSONNE NE SE PLAINT QUAND JE MASSACRE CE GENRE DE TYPE !
PAF
PAF
EUH... JE CROIS QUE SI, QUAND MÊME...
BAM
OUPS, DÉSOLÉ !
PAS GRAVE ! L'IMPORTANT, C'EST QUE VOUS AYEZ RETROUVÉ LA PÊCHE !
ALORS TOI, TU ES CONTENT DE TE PRENDRE UNE RACLÉE ?
TU ES MASO ?
JE PENSAIS AVOIR TIRÉ LE BON NUMÉRO, CETTE FOIS...
MAIS CES CASSE-PIEDS NOUS ONT ENCORE MIS DES BÂTONS DANS LES ROUES...
SURTOUT LE VIEUX !
IL FAUDRAIT PEUT-ÊTRE FAIRE QUELQUE CHOSE, NON ?
EN-FIN, JE DIS ÇA, JE DIS RIEN !

C'EST VRAIMENT MIEUX QUAND ILS SONT BIEN BALÈZES !
CRRR
HEIN ?
JE N'AVAIS QUE DES GRINGALETS À ME METTRE SOUS LA DENT, CES TEMPS-CI... AVEC EUX, PAS MOYEN DE SE DÉFOULER !
MOI, CE QU'IL ME FAUT, CE SONT DES FOUS FU-RIEUX BÂTIS COMME DES ARMOIRES À GLACE !

ENFIN, JE RECONNAIS QUE CE N'ÉTAIT PAS UN RIGOLO...
PLIC
ポタ
PLIC
ポタ
HAN
RAPIDE, OFFENSIF ...
ET SURTOUT, RIEN QUE SA TAILLE ÉTAIT UNE MENACE EN SOI !
HAN
LES...
HAN
HAN
LES SUPER-VILAINS, C'EST VRAIMENT ...

PLAF
TSS
...
M... MAÎTRE !
LA PLUPART DE SES ATTAQUES ÉTAIENT ASSEZ RAPIDES ...
SAUF CELLE OÙ IL METTAIT TOUTE SA FORCE... ELLE ÉTAIT PARTI-CULIÈREMENT PRÉVISIBLE !
RÉSULTAT, IL ÉTAIT VULNÉ-RABLE QUAND IL CONCENTRAIT SON ÉNERGIE AVANT D'AT-TAQUER...
HAN
HAN
ALORS C'ÉTAIT FA-CILE DE LUI BALANCER UN CONTRE !

VLAN

MAIS LES POINGS DE L'ADVERSAIRE LE FRÔLENT À CHAQUE FOIS...
FRSH
NON, IL LES ESQUIVE DE JUSTESSE...
ÇA L'AFFAIBLIT PETIT À PETIT !
L'AUTRE, AU CONTRAIRE, AUGMENTE SA PUISSANCE...
CRRR
CRRR
CRRR
IL VA ENCORE LANCER SA GROSSE ATTAQUE !!
RAAAAH !!
VSH

SALE X%&@#0*$ ...
BAM
HEIN ?
VSH
BAM
ÇA ALORS !
BAM
BAM
BAM
BAM
BAM
IL ENCAISSE LES COUPS DE CE MONSTRE ?!

QUELLE FORCE DE MALADE !!
HMM... IL CONCENTRE TOUTE SON ÉNERGIE DANS SON POING AU MOMENT DE FRAPPER !
C'EST TROP RIS-QUÉ DE L'APPRO-CHER...
IL VAUT MIEUX RESTER À DISTANCE ET RETENIR SON AT-TENTION...
NON, PAS LA PEINE DE S'EM-BÊTER...
CRR
JE VAIS RÉPONDRE AUX COUPS PAR LES COUPS !
QUOI ?!

KNUCKLE DUSTER !
C'EST PAS FINI !
VIENS...
CRRR
ビキ!!
PAS...
CRRR
ビキ!!
CRRR
ビキ!!
ME...
BAM
CHERCHER !!

RIEN DE CASSÉ ?!
NON ! M... MERCI !
JE VOUS EN PRIE... ALLEZ, FILEZ, MAINTENANT !!
TAP

FICHEZ LE CAMP, VITE !!
AAAAAAAH !
IL Y A UN SUPER-VILAIN EXTRÊMEMENT DANGEREUX !!
OH NON !
IL Y EN A UN QUI N'A PAS PU S'ENFUIR À TEMPS !!
VSH
CRAC

VLAN
ET COMPLÈTEMENT ENRAGÉ !
BAM
OK, PAS DE DISCUSSION POSSIBLE !
BAM
BAM
LE GENRE À TE BUTER SI TU CROISES SON REGARD !
BAM
EH ! CALMEZ-VOUS, ON PEUT PEUT-ÊTRE...
POP ! ÉLOIGNE LES CIVILS !
JE VAIS ESSAYER DE LE RETENIR JUSQU'À L'ARRIVÉE DES PROS !
VSHHHH

PURÉE ! C'EST UN GROS MORCEAU, CELUI-LÀ !
ÇA CRAINT !!
AAAAAAH !
GRR...
!
SH
WHAM !!
IL EST RAPIDE, LE BOU-GRE !!

RAAAAAH!!

OUH, QUELLE TERREUR ! ♪
QU...
ALLEZ, BON COURAGE !
BZZZZ
BATS-TOI...
CONTRE CET ENNEMI QUE TOI SEUL PEUX VOIR !
JE RIGOLE ! ☆
BZZZZZ
YAAAAAAAH !!

VOILÀ, C'EST ÇA ! TU AS LA HAINE, HEIN ? TRANSFORME-LA EN PUISSANCE !
MONTRE-LEUR, À TOUS CES SALAUDS, MON CHOU !
PSCHIT
VA...
CREVER !!
BAM

C'EST TOI QUE J'AI CHOISI...
TU ES LE RELOU OF THE YEAR ! ♪
PSST
VA TE O%X$, SALE MOR-VEUSE ! @$&* !!
PSST
PSST
OH ! TU AS DÉJÀ PRIS QUELQUE CHOSE, NON ?
ALORS TOI, TU PRO-METS !
PSST
TE FOUS PAS DE MA GUEULE, MERDE !
PSST
PSST

COMME LES HÉROS ?
OU LES SUPER-VILAINS !
ET DONC ...
CE DONT ON A BESOIN ...
C'EST D'INDIVIDUS QUI ONT LE FEU SACRÉ ...
ET QUI VONT CHOISIR EUX-MÊMES DE "PRESSER LA DÉTENTE" POUR LE LIBÉRER !
JE SENS QUE ÇA VA ÊTRE BARBANT ...
LES TYPES QUE VOUS ME DÉCRIVEZ, CE SONT DES GROS RELOUS, EN GÉNÉRAL !

TU ES ALLÉE TROP LOIN, L'AUTRE JOUR...
CERTES, JE T'AVAIS LAISSÉ CARTE BLANCHE QUANT À TON EMPLOI DU TRIGGER...
MAIS C'EST UN PRODUIT TRÈS PRÉCIEUX...
TU NE PEUX PAS EN FAIRE UNE UTILISATION AUSSI MASSIVE !
POURQUOI PAS ?
ON A COLLECTÉ DES DONNÉES, NON ?
C'EST UNE QUESTION D'EFFICACITÉ !
LES CAPACITÉS PHYSIQUES SONT PROFONDÉMENT INFLUENCÉES PAR L'ESPRIT...
LES ALTERS NE FONT PAS EXCEPTION !
POUR DÉVELOPPER UN POUVOIR HORS DU COMMUN, IL FAUT POSSÉDER UNE VOLONTÉ DE FER !

TU SAIS, J'AI FINI PAR REMARQUER...
QU'IL RETIENT PAS MAL SES COUPS !
HEIN ?
S'IL ME FRAPPAIT DE TOUTES SES FORCES, JE ME RETROUVERAIS AU CIMETIÈRE !
BAM
BAM
C'EST PAREIL AVEC LES VILAINS, IL SE DÉBROUILLE POUR NE PAS LES TUER...
BAM
CRAC
IL LES MET SIMPLEMENT HORS D'ÉTAT DE NUIRE, EN ALLANT JUSTE UN PETIT PEU TROP LOIN !
CE QUE JE RETIENS LÀ-DEDANS, C'EST "TROP LOIN" !
TU TE RENDS COMPTE DE CE QUE TU DIS ?

PAF
PAF
PAF
YAAAH !
PLAC
KOICHI !
VOUS POURRIEZ LE MÉNAGER UN PEU, QUAND MÊME !
IL EST AUSSI FAIBLE QU'UN MOUCHERON, JE VOUS RAPPELLE !

OUPS !
SLAP
EH !
OUILLE ...
EUH...
LA BASTON, C'EST DÉFINITIVEMENT PAS MON TRUC ...
ÇA NE SERT PAS À GRAND-CHOSE DE M'ENTRAÎNER À DONNER DES COUPS DE POING !
PAS FAUX ...
DANS CE CAS, C'EST MOI QUI VAIS FRAPPER ! DÉBROUILLE-TOI POUR NE PAS EN PRENDRE PLEIN LA TRONCHE !
POF
MAIS NON, EH !

ON NE VOUS ENTEND PLUS BEAUCOUP...
PAF
DEPUIS LA FOIS OÙ PLUSIEURS VILAINS SE SONT DÉCHAÎNÉS EN MÊME TEMPS !
PAF
EST-CE QUE...
ÇA A UN RAPPORT AVEC CETTE PERSONNE...
CENSÉE CONTRÔLER LES ABEILLES ?
IL LUI A RAPPORTÉ L'HISTOIRE.
...

FRSH
ジュボ
AUTREMENT DIT, ILS N'ONT PAS PRIS DE TRIGGER... C'EST JUSTE DES TORDUS !
APPELEZ LA POLICE, S'IL VOUS PLAÎT !
...
QUELQUE CHOSE NE VA PAS ?
PAF
パスッ
パスッ
PAF
ON PASSE AUX SUIVANTS !
OK !

NOTRE CHEMIN EST PAVÉ DE VIOLENCE !
NOUS MENONS UN COMBAT DONT L'ENJEU EST NOTRE EXISTENCE ! UN COMBAT ?! QUE DIS-JE ! UNE RÉVO-LUTI...
PAF
ARGH !!
?!
BAM
CRACK
OH... BONSOIR, MAÎTRE !
LEUR LANGUE N'EST PAS NOIRE...

EUH... QUESTION ...
VOUS NE POUVEZ PAS ACHETER VOS SOUS-VÊTEMENTS, COMME TOUT LE MONDE ?
NE SOIS PAS RIDICULE !
DES CULOTTES NEUVES NE SONT RIEN D'AUTRE QUE DES BOUTS DE TISSU !
ET SI ELLES ONT ÉTÉ LAVÉES, ELLES NE VALENT RIEN NON PLUS !
ALORS POURQUOI NE PAS VOUS FOURNIR...
DANS UNE DE CES BOUTIQUES POUR FÉTICHISTES OÙ ON VEND DES DESSOUS DE LYCÉENNES ?
COMMENT SAVOIR QUI LES A PORTÉS ? ET SI C'ÉTAIT UN MEC ?!
AH OUI, IL FAUT SE MÉFIER DES CONTREFAÇONS...
ÇA VA PAS LA TÊTE, KOICHI ?!
POURQUOI TU LES ÉCOUTES ? ON N'EN A RIEN À CARRER, DE LEURS PRÉFÉRENCES ! CE SONT DES PERVERS, POINT !
VOLER, C'EST MAL, JE NE DIS PAS LE CONTRAIRE ...
MAIS IL FAUT QUAND MÊME RESPECTER LES GOÛTS DE CHACUN !
TU TE FICHES DE MOI ?!
HA HA HA ! LAISSE TOMBER CES NIAISERIES, JEUNE HOMME !

LA SOCIÉTÉ EST UNE CAGE...
LES HUMAINS SE SONT DOMESTIQUÉS, ILS SONT DEVENUS UN TROUPEAU DE MOUTONS...
MAIS NOUS, NOUS SOMMES RESTÉS DES LOUPS... LES DERNIÈRES BÊTES SAUVAGES DES TEMPS MODERNES !
CRR
CE SONT LES PULSIONS JAILLIES DU FOND DU CŒUR QUI EXPRIMENT LA VRAIE NATURE DE L'HOMME !
ON CHASSE EN MEUTE !
GRRRR
LE BREF CONTACT AVEC LA PROIE...
L'ÉCLAT DE NOS CROCS ET DE NOS GRIFFES...
LE PARFUM ET LA CHALEUR DE NOTRE PRISE...
VOILÀ CE QUI NOUS REND VIVANTS !
ON NE PEUT PAS S'EN PASSER !
CRR
OK, VOUS ÊTES ACCROS...

HEIN ? T'ES QUI, TOI ?!
HA HA HA... JE SUIS L'HOMME QUI RESPECTE LES FEMMES, L'HOMME QUI TIENT À CE QUE LEUR DERRIÈRE NE PRENNE PAS FROID ! JE SUIS...
THE CRAWLER !!
CRIII
ENCORE UN MA-NIAQUE !
SALAUD !
BAM
PAF
AAH ! MAIS NON, JE NE SUIS PAS AVEC EUX !!
HO HO ! TU ES UN DE NOS FANS ?
N... NON, IL SE TROUVE JUSTE QU'ON A LE MÊME ALTER...
ALORS ÉCOUTE NOTRE PROFES-SION DE FOI !

VSHHHH
ON CONTINUE !
OK !
JE SOU-LÈVE !
J'EN-LÈVE !
TADAM
JE PORTE !!
HIII ! DES SUPER-VILAINS !!
DES PERVERS, OUI !!
NOUS SOMMES LES FRÈRES "TEMPÊTE ET PASSION" !
PAS SI VITE !!
NOTRE FORMATION EN TRIO EST INFAILLIBLE !
VSH
VSHHH
!

VSHHH
HA HA HA HA !
NOUS SOMMES LE TRIO "TEMPÊTE ET PASSION" !
ALTER : GLISSADE.
JEUNE FILLE DROIT DEVANT !
VSHHH
CIBLE VERROUILLÉE !
ICI AUSSI !
OPÉRATION SLIPSTREAM STRIP-TEASE, GO !!
OK !
VSH
JE SOULÈVE !
VSH
J'ENLÈVE !
JE PORTE !!
TADAM

ÉPISODE 6 [On ne fait pas dans la dentelle]

HA HA HA HA HA HA HA HA HA HA HA !
L'HEURE A SONNÉ, MES FRÈRES !!
CETTE VILLE EST NOTRE TERRAIN DE CHASSE !!
VSHHH
IL EST TEMPS DE LIBÉRER NOS INS-TINCTS SAUVAGES ...
ET D'AIGUI-SER NOS ALTERS !!
VSHHH
OUAIS !
AAAAH !!

SOMMAIRE

VIGILANTE

MY HERO ACADEMIA ILLEGALS

2

PERSONNAGES

NAOMASA TSUKAUCHI

UN POLICIER AU FLAIR AIGUISÉ, ÉPRIS DE JUSTICE. IL ENQUÊTE SUR LES "VILAINS ÉCLAIR" CRÉÉS PAR LE TRIGGER, UNE DANGEREUSE DROGUE.

KUIN HACHISUKA

ÉLÈVE DE PREMIÈRE, SUPER-VILAINE À SES HEURES. AVEC SON ALTER, LA "REINE DES ABEILLES", ELLE SÈME LE CHAOS DANS LA VILLE.

STENDHAL

CE JUSTICIER MASQUÉ A SOUDAINEMENT FAIT SON APPARITION À NARUHATA, LE QUARTIER DE KOICHI. SON IDENTITÉ COMME SES MOTIVATIONS SONT UN MYSTÈRE.

INGENIUM
NOM : TENSEI IIDA

GRÂCE À SON ALTER, "ENGINE", IL A GAGNÉ LE SURNOM DE "TURBO-HÉROS". IL EMPLOIE DE NOMBREUX PARTENAIRES DANS SON AGENCE DE TOKYO.

L'HISTOIRE

REDÉCOUVREZ L'UNIVERS DE "MY HERO ACADEMIA" SOUS UN NOUVEL ANGLE, CELUI DES HÉROS HORS-LA-LOI !

ÊTRE HÉROS EST UN VRAI MÉTIER. IL Y A DES RÈGLES À RESPECTER, ET IL N'EST PAS DONNÉ À TOUT LE MONDE D'ÊTRE OFFICIELLEMENT ACCRÉDITÉ. POURTANT, CERTAINS DÉCIDENT DE JOUER HORS LIMITES ET DE SE BATTRE POUR LA JUSTICE... SANS AUCUNE QUALIFICATION ! ON LES APPELLE DES JUSTICIERS ET, AUX YEUX DE LA LOI, ILS NE VALENT PAS MIEUX QUE LES VILAINS ! QU'EST-CE QUE LA JUSTICE POUR EUX ? PEUT-ON LES CONSIDÉRER EUX AUSSI COMME DES HÉROS ? VOICI L'HISTOIRE DE CES REDRESSEURS DE TORTS QUI ÉVOLUENT DANS L'OMBRE DES PROFESSIONNELS...

KNUCKLE DUSTER
NOM : INCONNU
CET HOMME MYSTÉRIEUX EST LE MAÎTRE AUTOPROCLAMÉ DE KOICHI. BIEN QU'IL SOIT SANS ALTER, IL EST AUSSI REDOUTABLE AU COMBAT QU'UN SUPER-HÉROS.
POP ☆ STEP
NOM : KAZUHO HANEYAMA
UNE POP-STAR EN HERBE QUI DONNE DES CONCERTS SAUVAGES. AVEC SON ALTER DE SAUT, ELLE ASSISTE KOICHI DANS SES ACTIVITÉS.
THE CRAWLER
NOM : KOICHI HAIMAWARI
ÉTUDIANT EN PREMIÈRE ANNÉE DE FAC DOTÉ D'UN ALTER DE GLISSADE, CE GARÇON AU GRAND CŒUR SE FAISAIT APPELER "GENTLE-MAN".

VIGILANTE
-MY HERO ACADEMIA ILLEGALS-

02

SCÉNARIO
HIDEYUKI FURUHASHI
DESSIN
BETTEN COURT
CONCEPT ORIGINAL
KOHEI HORIKOSHI

SUPER-VILAIN, AINE
"CRIMINEL DOTÉ DE SUPER-POUVOIRS.
L'ENNEMI DU PERSONNAGE PRINCIPAL
DANS UN RÉCIT DE SUPER-HÉROS."